BENOÎTE GROULT

LA TOUCHE ÉTOILE

roman

D0168555

BERNARD GRASSET
PARIS

BENOÎTE GROULT

La touche étoile

roman

Grasset

LA TOUCHE ÉTOILE

DU MÊME AUTEUR

Aux Éditions Grasset

LA PART DES CHOSES, 1972.
AINSI SOIT-ELLE, 1975 ; nouvelle édition 2000 (précédée de « Ainsi soient-elles au XXIe siècle » .
LES TROIS QUARTS DU TEMPS, 1983.
LES VAISSEAUX DU CŒUR, 1988.
HISTOIRE D'UNE ÉVASION, *avec l'intervention de Josyane Savigneau,* 1997.

Aux Éditions Denoël, en collaboration avec sa sœur
Flora Groult

LE JOURNAL À QUATRE MAINS.
LE FÉMININ PLURIEL.
IL ÉTAIT DEUX FOIS.

Chez d'autres éditeurs

DES NOUVELLES DE LA FAMILLE, Éditions Mazarine.
LE FÉMINISME AU MASCULIN, coll. « Femmes », Denoël-Gonthier
HISTOIRE DE FIDÈLE, *en collaboration avec Flora Groult,* Des Femmes, 1976.
LA MOITIÉ DE LA TERRE, Éditions Alain Moreau (Presse-Poche).
OLYMPE DE GOUGES, *textes présentés par Benoîte Groult,* Mercure de France.
PAULINE ROLAND OU COMMENT LA LIBERTÉ VINT AUX FEMMES, Laffont, 1991.
CETTE MÂLE ASSURANCE, Albin Michel, 1993.

A Blandine, Lison et Constance,
mes filles.

A Violette, Clémentine et Pauline,
mes petites-filles.

A Zélie, mon arrière-petite-fille.

I

Moïra

On m'appelle Moïra. Vous croyez ne pas me connaître mais tout le monde vit plus ou moins avec moi sans le savoir et je tiendrai une place croissante dans la plupart de vos vies. Etre une Moire, c'est devenu un emploi passionnant d'ailleurs depuis que tant de gens, qui passèrent leurs vertes années à se croire éternels, perdent pied à mesure que se fane la fleur de l'âge et qu'apparaît, inexorable, le fruit de leur maturité.

C'est à ce stade qu'ils deviennent intéressants, les gens, et que mon pouvoir commence. Auparavant ils étaient si sûrs d'eux, si ignorants, si merveilleusement naïfs, que je n'arrivais pas à leur gâcher le plaisir de vivre, leur don d'insouciance et cette violence du désir et sa poignante douceur aussi, dont je ne connaîtrai jamais la saveur.

9

L'immortalité est une punition dont il faut bien se venger.

Or, grâce aux progrès de la science, je dispose désormais d'un immense vivier qui s'accroît sans cesse de nouveaux entrants. Ils voient bien les coups pleuvoir autour d'eux, de plus en plus drus, mais ils continuent d'avancer aveuglément, d'abord parce qu'on les pousse, mais aussi parce que c'est le propre de l'homme de mettre un pied devant l'autre.

Beaucoup sont intacts encore. D'autres feignent de l'être. Quant à ceux dont la mort avait été programmée mais qui ont pu faire appel, ils n'ont de cesse qu'ils aient reconstitué leur carapace. Et les rescapés ne sont pas les moins ardents à revivre, oubliant les retours de bâton qui viendront dans deux ans ou dans dix ou pas du tout ou autrement... de toute façon, c'est pareil : tu ne seras plus jamais invincible, petit bonhomme. Une fois que la mort a posé sa griffe sur toi, elle ne te lâchera plus. Au fond de toi, en silence, elle va s'installer comme un taret. Ta chair va entamer sa dégradation à pas imperceptibles. Des organes que tu ne connaissais ni d'Eve ni d'Adam vont t'imposer leurs caprices. Ta grâce va devenir un effort, ta beauté une conquête, ta démarche un tour de force, l'insouciance une discipline, ta santé une forteresse

assiégée et l'inquiétude une compagne lanci-
nante.

Pendant encore quelque temps tu pourras
prétendre qu'il ne s'est rien passé. Persuadé de
bénéficier de la complicité de tes semblables,
tu vas aller parmi eux répétant avec le poète :
*Savez-vous que, quoique très jeune, autrefois
j'étais plus jeune encore ? Qu'est-ce que cela
signifie ? Il y a là sûrement quelque chose d'affreux* [1].

Mais personne ne voudra t'écouter, encore
moins compatir car vieillir est la plus solitaire
des navigations. Tu n'es plus leur semblable justement. Il s'est passé quelque chose d'affreux
effectivement : tu as franchi le portillon. Tu ne
pourras plus que par inadvertance être considéré comme normal. Partout tu seras repéré
comme nuisible, car du seul fait de ton existence, tu brises le mythe. Tu rappelles à chacun
qu'il est mortel, ce qu'il importe d'éviter à tout
prix. Tu t'apercevras bientôt qu'il faut te
défendre de la vieillesse comme d'un péché que
tu aurais commis. De toute façon, où que tu
ailles désormais, tu portes une crécelle même si
tu n'entends que celle des autres... Ta patrie,
celle où tu es né et as vécu toute ta vie, celle où

---

1. Henri Michaux.

tu pensais mourir, t'a renié. Tu es devenu un étranger, en exil dans ton propre pays.

Il te reste à découvrir une des évidences de ton nouvel état : c'est que les vieux n'ont jamais été jeunes. Ça se saurait. Les poètes, eux, le savent car ils n'ont pas d'âge. C'est pourquoi ce sont les seuls humains qui émeuvent mon éternité.

Les enfants eux aussi le savent bien que les vieux viennent d'un autre monde. Ils savent bien que leur grand-mère n'a jamais été une jeune fille. Ils font semblant d'y croire pour ne pas faire de peine. Mais quand on ouvre pour eux ce livre d'images mortes qu'est un album de photos, c'est comme si on jouait du pipeau.

— *Tu vois, c'est Mémé, là, qui joue au cerceau dans le jardin de la tante Jeanne, que tu n'as jamais connue.*

Alors, elle est née morte, celle-là, pense l'enfant. Si je ne l'ai pas connue, c'est qu'elle n'a jamais existé.

— *Et pourquoi elle le pousse pas avec sa canne, le cerceau ?* demande-t-il.

— *Mais Mémé n'avait pas de canne encore à dix ans, voyons !*

Voire, pense l'enfant. Mémé est née Mémé, c'est évident. Même que sa propre fille l'appelle Mémé ! Et Pépé aussi qui lui dit chaque jour dès

12

qu'il s'est assis à table : « *Tiens, passe-moi donc
mon Charbon de Belloc, Mémé, s'il te plaît.* »

Qui se souvient ici-bas qu'elle s'appelle Ger-
maine ou Marie-Louise ? Et qu'elle est toujours
la petite fille d'autrefois qui flotte dans une
peau distendue ? Et qu'est-ce d'ailleurs qu'un
vieux monsieur sinon un galopin à moustaches
qui voudrait toujours et encore jouer à touche-
pipi ?

Moi, Moïra, moi, leur destinée, je ne me lasse
pas d'admirer leur capacité d'enfance. Ce n'est
pas méritoire d'être jeune quand on est jeune,
on ne sait rien faire d'autre. Mais le tour de
force que ça représente d'être jeune quand on
ne l'est plus, ça me tire des larmes. Salut, les
acrobates ! Car les enfants, malgré des fulgu-
rances, ne sont que des enfants. Eux, les vieux,
cumulent tous les âges de leur vie. Tous ceux
qu'ils ont été cohabitent, sans compter ceux
qu'ils auraient pu être et qui s'obstinent à venir
empoisonner le présent avec leurs regrets ou
leur amertume. Les vieux n'ont pas seulement
soixante-dix ans, ils ont encore leurs dix ans et
aussi leurs vingt ans et puis trente et puis cinquante et en prime les quatre-vingts piges qu'ils
voient déjà poindre. Et tous ces personnages qui
récriminent, qui vous font reproche et n'ont

jamais eu la part assez belle, il faut savoir les faire taire.

C'est pour tous ceux-là qu'une Moïra existe. Quand les définitions se brouillent, que chacun peut se sentir miraculeusement jeune et désespérément vieux à la fois, quand tous les tickets sont valables à condition d'accepter qu'ils ne donnent plus droit aux programmes prévus. Quand les certitudes vacillent, que le bonheur apparaît parfois, comme un bandit au coin d'un bois et le malheur sous les pieds sans crier gare.

Un signe irréfutable leur indiquera qu'ils ont pénétré dans l'autre pays : la perte progressive de leur densité. Je ne saurais être misogyne, n'ayant pas de sexe, mais je sais que c'est encore plus vrai pour toi, femme, que pour ton compagnon. Car l'homme, né sur terre le premier comme il a pris soin de le démontrer dans *Les Ecritures* de toutes les religions et resté partout aux commandes grâce à ses méthodes de gangster, réussit à conserver très longtemps sa masse moléculaire. Le moindre freluquet a droit à sa place sur un trottoir mais toi, femme, à mesure que ta beauté ou ta jeunesse s'estompent, tu t'apercevras que tu deviens peu à peu transparente. Bientôt on te heurtera sans te voir. Tu dis par habitude : «pardon» mais personne ne te répondra, tu ne déranges même plus, tu n'es plus là.

Je vous ai vus arriver, vous de la génération qui n'osait plus vieillir, après tant de siècles où les rôles n'avaient jamais changé. Et j'ai tenté au début de vous raisonner : « *Vous me copierez cent fois : je suis une personne âgée.* » Mais mille fois n'auraient pas suffi. Devenir un vieux jeune, même délabré, vous paraissait soudain tellement plus bandant que le rôle éculé de vieille personne, même bien conservée. Vous êtes la première génération à avoir fait une découverte terrible en effet : ce que vous aviez de précieux et d'important à transmettre n'intéresse plus vos descendants. Quant à votre expérience, c'est bien simple, elle les fait chier. Ils n'en ont rien à cirer dans le monde où ils vivent, habités par la certitude qu'ils ne seront jamais pareils à vous. Parlez pas de malheur ! Pour éviter tout risque, il est donc impératif qu'ils vous ignorent, qu'ils fassent de vous des extraterrestres avant l'heure, des Tutsis dans un monde de Hutus.

Vos pères encore avaient pu jouir du respect de leurs descendants, parce qu'ils se déguisaient en vieux, se cantonnaient dans l'espace qu'on leur assignait et qu'ils laissaient la place assez vite.

Les nouveaux vieillards, eux, s'aventurent en bataillons de plus en plus serrés sur un territoire bouleversé par les séismes de la science et de la médecine, où ils découvrent que c'est parfois merveilleux de survivre, à condition de subvertir les codes et de brouiller les pistes, pour tenter une reconversion.

Aujourd'hui, avoir la soixantaine consiste essentiellement à vous trouver plus fringants que les autres sexagénaires. C'est voir arriver sur vos collègues les stigmates de l'âge et ne rien repérer sur vous-même. Pour vous sentir guillerets il vous suffit de lire le matin à la rubrique nécrologique qu'Untel vient de mourir. A soixante ans, le con ! Et si vous avez la chance d'entendre au même moment la sirène du SAMU, c'est encore mieux. C'est pas moi qui suis dans l'ambulance, ksi-ksi !

L'essentiel est de se réveiller dans le silence de ses organes, R.A.S. constituant comme en 14-18 le plus beau bulletin de victoire sur la mort. Quand les organes se mettent à causer, ils n'ont jamais rien de bon à dire. Mais quand les organes des autres déconnent, alors là, y a bon ! Ce n'est pas que vous soyez devenus méchants, c'est que le malheur du voisin est un emplâtre sur la terreur qui commence à vous étreindre. Et si vous étiez devenu vieux, tout de même ?

Non, quel scandale! Pas encore. Pas vraiment. Pas tout de suite. Vous mettrez longtemps à répondre oui et beaucoup mourront jeunes à un âge avancé.

Il faut croire que l'immortalité fait des envieux. Comme ils ont tort!

C'est dans l'espoir de l'oublier justement que j'interviens parfois pour détraquer les mécanismes.

Jean-Loup sera ramassé de justesse, entre l'avant-dernier et le dernier soupir. Cinq ans de sursis! Il croit qu'il le doit à sa femme qui l'a retrouvé au pied de son lit...

Alice, âgée de soixante-quinze belles années, ne rendra pas tout à fait l'âme sur la table d'opération où l'on réduit sa fracture du tibia qu'elle avait gaillardement cherchée, depuis cinq ans qu'elle *faisait du ski pour la dernière fois!* Mais l'inconséquence humaine m'attendrit... Alice se mettra au ski de fond, si ennuyeux, mais qu'elle feindra d'adorer car elle ne saurait vivre sans aimer...

Léa découvrira l'orgasme à soixante-trois ans entre les bras imprévus de son chirurgien esthétique, censé ressusciter le désir d'un époux qui n'en avait d'ailleurs jamais manifesté à son égard... Je les lui offrirai, ses cinq années de félicité charnelle, mais dans un autre lit!

Léon trébuchera sur une peau de banane, ce qui l'empêchera de prendre le car pour Saint-Jacques de Compostelle, prévu pour s'écraser dans un ravin espagnol deux jours plus tard.

Je peux en somme être une peau de banane quand je me sens lasse de passer pour une peau de vache.

Vous aimez me donner un visage. Pourtant je ne suis pas une divinité anthropomorphe, ni une Erinye ni une des redoutables Parques. Moïra, dans la mythologie grecque, signifie tout simplement destin. Et j'ai le regret de n'être ni Dieu ni Diable mais seulement *une loi inconnue et incompréhensible*, comme disent vos Encyclopédies. *A l'origine chaque individu avait sa Moire personnelle qui était sa part de destin.* La Fatalité, comme qui dirait. Morne perspective pour moi qui aime l'imprévu et les failles de l'existence par où s'infiltrent les miracles. C'est pourquoi je prends plaisir à brouiller les cartes. Allumer l'éclat d'un regard pour faire naître l'amour où on ne l'attendait pas ; susciter le petit-fils miraculeux qui va réconcilier une femme sur le point de mourir avec sa vie. Incarner cette part de divin qu'il y a en tout être, pour celui-ci la passion de la musique, pour celle-là l'esprit d'aventure ;

et cette jouissance aussi qu'il y a en toute chose, le goût des jardins qui vient sur le tard, le sel de la mer sur la peau, la saveur d'Islay dans le whisky, la truffe au pied du chêne et jusqu'au parfum des fleurs du datura quand la nuit tombe.

J'outrepasse mes limites sans doute, mais qui m'en voudrait ? Je suis bien placée pour savoir que Dieu n'existe pas vraiment. Il n'existe que des forces antagonistes qui se disputent l'univers au gré de lois physiques que nul esprit humain n'est à même d'embrasser.

Dans ce chaos, le pari le plus incroyable, c'est celui de vivre. C'est pourquoi j'ai mes protégés ici-bas. Comme si je ne désespérais pas de comprendre à travers eux ce qui rend l'existence humaine si désirable. Mais je dois reconnaître que les jeunes gens ne m'amusent guère. Toujours *in the mood for love !* N'étant ni humaine ni divine, justement, je ne peux les comprendre. Alors que les jeunes vieillards qui m'arrivent aujourd'hui, même en pièces détachées, savent si fort s'accrocher à ce miracle unique qu'est leur vie, éclose sur le miracle unique qu'est leur planète, parmi des milliers d'autres, glacées ou brûlantes, qui dérivent dans les galaxies comme des bateaux ivres.

La touche étoile

« *Que s'est-il donc passé? La vie, et je suis vieux* », a écrit l'un de mes poètes préférés[1].

Certes, on peut le dire ainsi, mais il n'empêche : les humains ne sauront jamais combien je les envie, moi qui n'ai ni vie ni âge.

---

1. Louis Aragon.

II

Alice et Belzébuth

L'âge est un secret bien gardé. Dire ce qu'est la vieillesse, c'est chercher à décrire la neige à des gens qui vivent sous les Tropiques. Pourquoi leur gâcher la vie sans soulager la sienne? Je préfère nier l'évidence en bloc et me battre le dos au mur tant que je peux encore gagner quelques batailles. Car, il faut le savoir, en plus d'ouvrir la porte à bon nombre de maladies, la vieillesse est une maladie en soi. Il importe donc de ne pas la contracter.

Le problème, c'est qu'il faut pour lui échapper avancer sur un fil entre deux gouffres : d'un côté, vos contemporains, dont beaucoup ont lâché le balancier déjà. De l'autre, la masse des vivants, qui baisent, qui rigolent, qui risquent leur vie, ont des chagrins d'amour, qui espèrent ceci ou cela, qui réussissent ou échouent, qui font de la pêche sous-marine ou du trekking au Népal, se cassent la jambe au ski et pas dans leur baignoire, se font de nouveaux amis, apprennent l'hébreu, aiment des femmes ou des hommes ou les deux, surfent sur Internet, font des enfants, divorcent, rebaisent, se remarient et se font peur au passage de la cinquantaine en imaginant qu'ils vont devenir vieux... les zozos!

Vieillir est le sort commun, on le sait. Vaguement. Chacun s'estime informé mais le concept reste abstrait et cette conscience du destin collectif de l'espèce ne prépare nullement à l'expérience solitaire de SA vieillesse et déchirante de SA mort. On peut vivre longtemps en constatant paisiblement cette loi générale. Quelques-uns parviennent même à se convaincre qu'ils seront une exception... les zozos!

Si on savait une fois pour toutes qu'on est « une vieille peau », je suppose qu'on s'habituerait. Le drame, c'est qu'au début on oublie. Pendant des années, avec un peu de chance, on va, on vient. Et puis un jour il faudra bien l'admettre, on s'aperçoit qu'on est vieux tout le temps. C'est là vraiment qu'on bascule et qu'il faut tout réapprendre. On n'est plus seulement une vieille peau, ça on peut toujours tirer dessus ; on est fait aussi de vieux os qui deviennent poreux, d'un vieil estomac qui supporte mal la délicieuse brûlure de l'alcool, d'un vieux cerveau qui cale devant les noms propres puis les noms communs, de vieilles veines qui se distendent tandis que les artères, elles, se durcissent, et l'on vit avec un vieil amour sur lequel on observe les mêmes symptômes, ou bien sans amour du tout, seulement une photo, immuable, dans un cadre d'argent sur sa table de chevet.

Bien sûr, il reste la famille. Mais peu à peu on cesse d'être des individus aux yeux des siens pour devenir « les parents », avant qu'ils ne disent « ma pauvre maman » ou « mon vieux père »... Ils n'attendent plus de surprise de nous, sinon l'infarctus, la fracture du fémur, l'accident vasculaire cérébral ou la lente horreur de l'Alzheimer.

C'est un peu pour les surprendre que j'ai entrepris d'écrire un livre que je rédige en cachette comme si j'avais quinze ans ! Pour surprendre aussi mes consœurs de *Nous, les Femmes* où j'ai officié pendant vingt ans mais où je me sens devenir peu à peu une étrangère. Je me souviens de Ménie Grégoire, célèbre dans les années soixante-dix, se plaignant du jeunisme de RTL : « Avoir soixante-cinq ans, j'ai eu l'impression que c'était un délit. J'ai d'ailleurs été condamnée. »

Je suis moi aussi coupable d'être septuagénaire, la seule septuagénaire de la Rédaction. On me tolère à condition que je ne révèle pas la vérité sur l'âge et n'en manifeste aucun signe gênant. Je joue docilement la comédie du « tout le monde il est jeune, tout le monde il est gentil », d'autant plus facilement que, dans un magazine féminin, tout, à commencer par la mode et la publicité, contribue à entretenir l'illusion. Et non seulement je n'ai aucune alliée dans mon camp, mais, chaque année, un nouvel arrivage de stagiaires fringantes débarque au journal, me repoussant d'autant vers les bas-fonds de la carte Vermeil. Quand, par exception, un sujet sur l'âge s'impose, il est recommandé de n'interviewer que les vieux couples qui se prêtent à la mascarade : « Nous avons décidé de vieillir en pleine forme, d'acheter des Nike pour nos quatre-vingt-dix ans et de fêter nos cent ans à quatre pattes pour la plus grande joie de nos arrière-petits-enfants. » Interdit de signaler que si par miracle on parvient encore à se mettre à quatre pattes à quatre-vingt-dix ans, on y reste ! A moins d'appeler les pompiers.

La décrépitude et la mort sont à ce point

refusées que lorsque j'annonce à l'un de mes proches «Tu sais que mon amie Suzanne ou Rachel ou Ginette vient de mourir?», la première réaction au bout du fil c'est toujours : «Nooon! Pas possible!» Ou bien : «Nooon, c'est pas vrai?»

La mort est d'abord un mensonge. Elle était présente encore dans mon enfance. Puis je l'ai vue disparaître peu à peu de mon paysage.

Il n'y a pas si longtemps, dans les villes, les porches des immeubles où quelqu'un venait de mourir s'ornaient de draperies noires portant son initiale et, sous la voûte, ceux qui le désiraient pouvaient signer un registre de condoléances. A la campagne, on «veillait» le mort. Aujourd'hui, on l'escamote, hésitant même à le montrer aux enfants. De toute leur enfance, ils ne verront mourir que le hamster ou, parfois, le vieux chien, quand un vétérinaire n'aura pas été prié de «l'endormir» loin des regards.

Les mots aussi nous ont été confisqués. Plus personne n'est moribond, quelle indécence! On ne meurt plus de nos jours : on s'endort dans la paix du Seigneur ou bien on décède. Expirer évoque trop le dernier souffle. A éviter. Rendre l'âme est démodé maintenant qu'on n'est plus sûr d'avoir une âme… Trépasser paraît trop littéraire, alors qu'on peut dire décès en toute indifférence tant le mot a été vidé de tout pouvoir émotionnel par les administrations qui l'emploient. Dire «Ma mère est décédée hier» fait nettement moins mal que «Maman est morte».

L'image des vieillards a, elle aussi, été réduite à celle de joyeux drilles aux cheveux de neige pédalant sur les contreforts de l'Himalaya ou gravissant la passerelle de paquebots de luxe. Lui n'est jamais chauve ou bedonnant et arbore le sourire de Gary Cooper, tandis que sa compagne le regarde amoureusement, jupe courte sur de longues jambes de faon. Sur les publicités, les mailings de la SNCF, les brochures de voyages pour troisième âge ou la presse pour retraités, les seuls seniors qu'on nous présente rigolent comme des bossus, sauf qu'ils ne sont jamais bossus!... Et depuis qu'Adrien approche de... l'octogénariat, le bombardement de pubs s'est intensifié et ciblé dans nos boîtes aux lettres. Pas de jour sans qu'on nous rappelle l'urgence d'utiliser les baumes miraculeux du Siam, du Cambodge, du Tigre ou du Pérou, l'existence de sièges ascensionnels toujours occupés par des Lolitas et depuis quelque temps la promesse d'obtenir «même après quatre-vingts ans, un membre énorme et des érections grandioses qui transformeront la plus

sage épouse en furie hurlante et assoiffée de
votre pénis… ». Adrien me regarde avec terreur…

En revanche il a cédé aux sirènes insistantes
des obsèques en kit payables d'avance et tout
compris, et s'est inscrit chez Chilpéric : « Vous
nous fournissez le défunt et nous vous l'esca-
motons en toute sérénité. » Quant à moi, j'ai
décliné l'offre. D'abord ils ne font pas de rabais
pour les groupes. Ensuite j'ai huit ans de moins
que mon mari, et je ne compte pas mourir ces
temps-ci : j'ai un projet.

Je voudrais comprendre comment l'amour et
le respect des vieux, si puissants dans l'Antiquité,
dans les civilisations africaines ou indiennes et
même encore en Europe au siècle dernier, ont
pu sombrer dans notre société moderne et ce
qu'il adviendra quand ces vieux survivront jusqu'à cent vingt ans, ce qui ne saurait tarder ?

Le problème, c'est que pour écrire valable-
ment sur la vieillesse, il faut être entré en
vieillesse. Mais, dans ce cas, elle est aussi entrée
en vous et vous rend peu à peu incapable de
l'appréhender. On ne saurait traiter du sujet
que suffisamment âgé… on n'est capable d'en
parler que si toute jeunesse n'est pas morte en
soi.

Je suis, me semble-t-il, à l'intersection de ces

états, me considérant bien sûr comme l'exception dont je parlais. Assise, j'ai soixante ans. Debout, je me tasse un peu, d'accord, mais ma démarche reste alerte. Je suis insoupçonnable sur terrain plat. C'est en descendant un escalier que je deviens septuagénaire. Je le descends avec ma tête car je ne fais plus confiance à mes jambes. Ces quelques dixièmes de seconde d'hésitation avant chaque étape d'un mouvement instinctif qu'il faut désormais décomposer, dénoncent l'atteinte irrémédiable.

Chez moi, ce sont les amortisseurs qui ont flanché les premiers. Je n'ai plus que des bouts de bois dans les jambes, sans lubrifiant, ni ressorts. Le bois est bon, la densimétrie le prouve. L'ennui, c'est que les articulations n'articulent plus. Et comme les pieds ne sont pas des pneus, je roule sur les jantes. Et quand la route est pentue, je ressemble à ces petits jouets en bois articulés qui descendent un plan incliné avec des mouvements saccadés. Mon Dieu! La souplesse! Je n'avais jamais considéré la souplesse comme un bien inestimable. Toutes les priorités se modifient. C'est aussi une découverte que l'on fait car, contrairement à une opinion répandue, la vieillesse est l'âge des découvertes.

Quand je me présente en haut d'une volée de marches — on en compte quarante-six par

28

exemple au métro Varenne – mes genoux m'in-
terpellent :

— Tu ne comptes pas nous faire descendre
ça, tout de même ?

— Ne m'emmerdez pas. Qui c'est qui commande ici ?

Ils ricanent. Rira bien qui rira le dernier.

J'embouque la première marche, prudem-
ment, un peu de biais, avec le genou droit, le
meilleur.

— Je peux lâcher à tout moment, prévient
l'autre, le gauche, qui fait partie du Syndicat du
genou, un des plus intraitables.

De plus en plus souvent, je transige. Je descends un peu de profil, une main sur la rampe.
Parfois, démission suprême et jamais encore en
public, je ne négocie qu'une marche à la fois,
pour amadouer mon personnel et ménager mes
troupes. Car, à notre horizon à tous se profile
désormais le spectre de la grève générale, avec
séquestration de la Direction dans la boîte crâ-
nienne et paralysie de tous les secteurs d'activité. Plusieurs livres nous en ont fait l'effarant
récit.

Pour éviter cette prise d'otage et la destruc-
tion de l'outil de travail, il m'a bien fallu négo-
cier, m'humilier, accepter des compromis,
quitte à me transformer peu à peu en Doña Pro-

29

thèse. L'orthodontiste m'a replanté deux incisives, l'orthopédiste m'a dessiné des semelles afin de rectifier mon équilibre vertébral. (Or elles sont trente-quatre vertèbres dont chacune n'a qu'une idée, sortir du rang, entraînant toute la colonne. Très méchant syndicat, là aussi, avec lequel il faut s'allonger avant toute négociation.) Enfin l'orthophoniste m'a fabriqué à prix d'or des corrections auditives numériques et l'ophtalmologiste des lentilles de contact.

Pour compenser, je ne porte plus de tailleurs comme il faut à la manière des femmes-ministres pour aller au journal, mais des jeans dans l'espoir de ressembler au troupeau.

Car je la dorlote cette fleur de ma jeunesse toujours vivante, insolente et parfois déchirante. Il faut la rentrer à l'abri des premières gelées et des quotidiennes vacheries. Lire par mégarde des magazines de vrais jeunes et regarder les fringues dans les vitrines branchées vous remet bien vite à votre place dans cette société de marché, la dernière.

Il n'existait pas de revues pour ados quand j'en étais une, au début des années trente. Nous passions de *Benjamin* ou de *La Semaine de Suzette* à la presse «normale». Nous, nous représentions l'âge ingrat affligé d'acné juvénile et tout le monde attendait que ça se passe. Il n'existait pas non plus de mode particulière pour ados et, dans les grands magasins, on passait sans transition du rayon Fillette au rayon Dame.

Aujourd'hui, l'âge ingrat, c'est devenu le nôtre! Passé soixante-cinq ou soixante-dix ans (et je ne parle même pas de la suite) ce n'est plus une partie de plaisir de s'habiller. Les noms des marques à eux seuls découragent toute approche : comment se pointer chez Chipie, Les Copains, Petite Nana ou Zazie?... Les vendeuses ont dix-huit ans et les vendeurs, l'âge du mépris. C'est aussi pénible d'être âgée que d'être obèse. Avec cette différence... de taille... que la vieillesse est sans remède.

Choisir de la lingerie est plus déprimant encore quand on n'a plus intérêt à ouvrir sa veste en tweed sur un sein nu ou à exhiber son nombril. Rien n'est proposé entre le minislip affriolant et la culotte Grand Bateau informe, sans strass ni dentelle. Sois moche et tais-toi : il est temps de prendre le deuil de toi-même. Quel créneau pourtant, toutes ces « ménagères de plus de cinquante ans » et toutes ces chères folles de soixante-dix ans qui font du sport et l'amour aussi et qui ont enfin le temps de penser à elles. Les concepteurs de sous-vêtements féminins sont des nuls.

31

J'ai réussi jusqu'ici à m'attarder dans cette période de transition (plus ou moins longue suivant les individus et leur capacité de déni) entre deux états : se croire encore jeune et se savoir définitivement vieux. Il faut en tout cas admettre une vérité dérangeante : on est vieux dans le regard des autres bien avant de l'être dans le sien.

— Bonjour, grand-mère. Je vous nettoie le pare-brise ?

Sur la route de Nantes, ce jour-là, au péage, de gentils jeunes gens proposaient leurs services aux automobilistes. Pas possible : alors j'avais l'air d'une grand-mère ? A travers un pare-brise douteux, en me regardant à peine quelques secondes, on pouvait décréter que j'étais une grand-mère ? Pendant un moment, j'ai été déconcertée. Je pouvais aussi décréter que ce jeune homme était un con et j'ai choisi la deuxième option.

Et puis, bien sûr, il reste le regard de ses proches. De son conjoint entre autres, dont il faut savoir qu'il est objectivement sans valeur. Adrien m'aime, certes, mais comme un vieil enfant qui a peur de perdre son doudou. Je ne suis guère plus pour lui qu'un objet transition-

nel, comme disent les psys. C'est vital d'accord.
Pour lui.

Que se passerait-il si je faisais encore l'amour
avec Adrien ? Il enlèverait ses prothèses den-
taires et ne pourrait plus me mordre. J'enlève-
rais mes prothèses auditives et ne pourrais plus
entendre ses mots d'amour (si on les garde, ça
siffle quand on vous prend la tête entre les
mains. Si on les enlève, il faut vous crier «Je
t'aime», comme Yves Montand dictant un télé-
gramme d'amour à la demoiselle des Postes
dans un numéro célèbre), nous pousserions de
petits gloussements que l'autre prendrait pour
des cris d'extase alors qu'ils traduiraient une
sciatique, une crampe ou quelque difficulté à
faire progresser un outil périmé dans un conduit
désaffecté. Je lui crierais : «Mais tu m'as mis
quelque chose de rouillé, Adrien! Ôte-moi ça,
s'il te plaît!»

Non, j'essaierais de le regarder comme une
femme comblée, une fois de plus. Il a toujours
été si plein d'amour et d'admiration pour moi
sous ses airs ironiques. S'il n'a jamais su caresser, c'est une question de date de naissance. Né
en 1910, il n'a entendu parler de clitoris que
trente ans plus tard : il avait pris de mauvaises
habitudes. Seuls les surdoués, de tout temps,
ont découvert les chemins du plaisir. Nous nous

sommes mariés en 39 et à moi non plus on ne m'avait jamais présenté mon clitoris – ni le reste. Adrien avait appris quelques manœuvres rudimentaires mais il les pratiquait comme on récite sa leçon. Il faut les avoir inventées à deux, ces caresses ; sinon elles restent laborieuses comme une langue étrangère qu'on a appris à parler trop tard. On ne saura jamais y mettre le bon accent.

Hélas pour lui, mais heureusement pour mon clitoris, Adrien s'est retrouvé prisonnier en 40 et les années de guerre et la Libération m'ont permis de mener une vie de jeune fille libre, ce que je n'avais jamais osé faire avant la guerre. A son retour, j'avais retrouvé assez d'amour et d'espoir pour faire très vite avec lui deux enfants : Xavier, qui a trouvé sa vocation en mer, mais qui vit et travaille au bout du monde, hélas. Et je ne peux plus l'accompagner dans ses plongées sous-marines, pas plus qu'il ne sera près de moi, selon toute vraisemblance, lors de mon plongeon final.

J'ai eu la chance d'avoir une fille aussi, qui parvient à me faire oublier le gouffre qui nous sépare : deux guerres et beaucoup d'années. Marion est la femme que j'aurais aimé être, que j'aurais pu être sans doute si je n'étais pas née en 1915. Elle n'a pas usé et dilapidé ses forces pour obtenir des droits et des libertés que j'ai dû, moi, arracher au pic, une à une, comme un mineur de fond, des profondeurs où elles étaient cachées. Il m'en est resté un langage brutal, me dit-on, une rancune contre les hommes et un goût de la provocation qui me nuit. Ma fille, elle, est une femme dans tous les sens du terme. Moi, je n'ai été qu'une Dame de bonne famille mais insolente et mal élevée.

Marion a pu développer son humour, son goût de vivre, son don pour l'amour et les amours. Elle a en plus la délicatesse de ne pas me faire honte de ma vieillesse. Elle m'aime comme je deviens ou me le fait croire. Elle m'offre ce cadeau : me laisser espérer qu'elle a besoin de moi pour sa vie quotidienne et pas seulement comme d'une mère. Ce que j'apprécie d'autant plus qu'en dehors de ma « petite sœur », Hélène, qui a dix ans de moins que moi et que je traite un peu comme une deuxième fille, je n'ai pas su établir avec mes petits-enfants cette relation que tant de mes amies m'annonçaient comme la plus gratifiante de toute une vie. Il est vrai que je n'ai jamais quitté mon travail pour me « consacrer » à ma famille. La formule déjà me faisait horreur : dans consacrer, je voyais sacrifice. Et il y avait con ! J'ai refusé aussi qu'on m'appelle Mamie. J'avais déjà perdu mon nom de jeune fille en me mariant, je refusais de perdre en plus mon prénom en devenant grand-mère. Après tout je n'avais joué aucun rôle dans la naissance de mes petits-enfants alors que j'avais le rôle dominant pour celle de mes enfants. Le jour où on les découvre, hideux, gluants et sans défense, sur son ventre, le jour où ils prononcent Mâ-Mâ pour la première fois, on sait qu'on est coincé pour la vie. Maman devient comme un mot de passe, connu de tous et de nous seuls. Et qui ouvrira toutes les portes, toujours.

Si je n'ai pas été follement heureuse comme femme avec Adrien, j'ai été heureuse comme épouse. Et il y a d'autres hommes sur terre, par bonheur, mais un seul époux. Un seul époux à la fois, en tout cas.

Si je regarde ma vie pourtant, il me reste un regret : avoir été frustrée de mes vocations. Là aussi, c'est une question de date de naissance. Je rêvais d'être grand reporter, globe-trotteuse, femme politique, ministre pourquoi pas ? Moi qui n'ai eu le droit de vote qu'à quarante ans !

On a oublié le manque à être que cela pouvait représenter de venir au monde sans aucun droit civique ni juridique et de grandir sans modèle prestigieux féminin dans l'Histoire, confinée à quatre ou cinq figures peu motivantes, on l'avouera, la Sainte Vierge, Jeanne d'Arc ou la Belle au Bois Dormant.

Les trois premières femmes-ministres – encore n'étaient-elles que sous-secrétaires d'Etat, même Irène Joliot-Curie qui venait de recevoir le Nobel ! – n'apparurent dans le gouvernement de Léon Blum qu'en 1936 ! Merci, Léon, mais elles représentaient une aberration démocratique puisqu'elles n'avaient toujours pas le droit de vote !

C'est en raison de cette mise à l'écart des femmes que je suis entrée en féminisme comme on entre dans les ordres, persuadée que c'était une noble cause qui triompherait très vite. Je ne savais pas encore que les femmes, ce n'était RIEN. Qu'être féministe n'apportait ni considération, ni reconnaissance, ni célébrité durable. Au contraire : le combat pour les droits des femmes vous carençait dans tous les autres domaines, les sérieux, les valables, les glorieux.

Ah ? Vous militez pour la contraception et le droit à l'avortement ? Très intéressant, vous dit-on d'un air morne. Et on vous tourne le dos bien vite ou l'on passe à un sujet de conversation plus excitant.

Ah ? Vous tenez la rubrique Courrier du Cœur à *Nous, les Femmes* ? Ça doit être croquignolet…

Ici sourire égrillard. Ce n'est jamais tragique ou passionnant, un chagrin de femme, c'est croquignolet.

Vous tiendriez la rubrique de foot, vous seriez engagée pour Greenpeace, les dauphins, les tortues, les coraux, comme ce serait intéressant! Vous militeriez contre les mines antipersonnel, la déshydratation des nourrissons en Afrique ou la malaria, passionnant!

Je vous admire, chère Madame.

Mais… les femmes? De quoi pourraient-elles bien se plaindre chez nous? Chaque Français a l'impression d'avoir fait le max pour les femmes. «Et puis, elles nous ont, nous, pensent-ils, les meilleurs amants du monde.» Une idée increvable. «Vous êtes trop belle, chère Madame, pour dire le contraire…» Un brin de galanterie française pour rabattre le caquet de la pécore.

Se battre face à de tels adversaires – ils étaient légion avant 68 – finit par aigrir le caractère. J'ai préféré me cantonner à la rubrique Courrier des Lectrices, où j'ai acquis, à ma grande surprise, renommée et influence, connu des moments rares et de nombreuses amitiés et enfin bien gagné ma vie. Ce qui m'a permis d'acheter à mon fils le bateau de ses rêves pour mieux me quitter… mais au moins a-t-il réalisé sa vocation de marin, de sous-marin et de cinéaste dans l'équipe de Cousteau. Et d'acquérir enfin un lopin de terre bretonne, attenant à la « crèche » qu'Adrien et moi avions rachetée à Marion, pour y passer nos vacances près d'elle sans être chez elle.

Il me reste un regret pourtant : j'ai écrit d'innombrables articles, reportages et textes divers, mais ce genre d'écrits voltigent quelque temps dans les mémoires puis s'envolent comme des papillons ou des feuilles mortes. Je n'ai pas de livre à mon nom dans ma bibliothèque et ce vide me chagrine. Je vais donc essayer de le combler. Mais pour ce travail d'un genre nouveau tout le monde m'affirme qu'il est indispensable de disposer d'un outil nouveau : l'ordinateur. Je me méfie : il serait plus juste de dire que c'est lui qui va disposer de moi.

Mais non, Alice, tu dois. Tu verras, c'est rien du tout et tu ne pourras plus t'en passer, disent tous mes amis… de moins de soixante ans.

Maman, si tu ne te mets pas à l'ordinateur maintenant, après il sera trop tard. C'est ta dernière chance avant ta retraite. Ce sera formidable pour ton travail, tu vas voir.

Enfin, Alice, tu ne vas pas écrire un livre avec du Scotch et des ciseaux comme au Moyen Age ! Tous les écrivains en ont un, au moins pour le traitement de texte, m'a dit mon ami Julien, le seul que j'ai mis dans la confidence en dehors de mon mari.

Je suis contre, m'a dit Adrien. Tu vas faire entrer Belzébuth dans la maison. Nous n'avons pas été programmés pour, ni toi ni moi. Tu vas devenir folle, Alice.

De toute façon, Adrien est toujours contre et c'est un motif de plus pour moi de tenir bon. A plus de soixante-dix ans, je n'ai plus toutes mes capacités, c'est évident, mais j'en ai encore beaucoup et pas de temps à perdre. Je m'enquiers donc des meilleurs fournisseurs à Paris, des marques recommandées, des vendeurs les plus compétents et je sors mon vélo de sa remise, au fond de la cour, puisque mon trajet passe par des couloirs de circulation pour bicyclettes, ces chers couloirs protégés qui m'ont évité d'avoir à prendre ma retraite de cycliste. Et je me présente un beau matin dans un imposant magasin d'informatique, boulevard Saint-Germain.

— Je voudrais un ordinateur portable, s'il vous plaît. C'est essentiellement pour du traitement de texte. Donc je cherche un modèle simple et facile à utiliser. Je suis écrivaine... mais je suis débutante côté ordinateurs...

Je souris humblement. J'ai déjà eu tort de dire écrivaine. Mon compte est bon : « Une de ces enquiquineuses de féministes! Et en plus, une viocque!» se disent les quatre jeunes mecs qui feignent d'être très occupés derrière leur comptoir. Attention : je suis dans un Temple ici, pas dans une vulgaire boutique. L'un des quatre officiants finit par s'approcher.

— Quel modèle désirez-vous?

Surtout pas de «Madame», c'est ringard. Quant au fameux sourire commercial, il n'est pas de mise dans un Temple.

— Je suis ici pour être conseillée, justement. Montrez-moi ce que vous avez de plus... rudimentaire, dis-je pour le faire sourire.

Manqué! J'aggrave mon cas. Être vieille, c'est déjà mal vu, mais vieille conne, là, ça fait beaucoup. Rien n'est rudimentaire parmi ces joyaux de la technologie qui me narguent du haut de leurs étagères. Le jeune mec m'indique avec désinvolture deux ou trois engins qu'il ne prend même pas la peine de poser sur le comptoir pour que je puisse les examiner.

— Vous voulez l'écran intégré? ou sur socle?

Qu'est-ce qui serait le plus pratique pour une vieille conne?

Je pose quelques questions, idiotes à en juger par les réactions du vendeur. Qu'est-ce qu'il ne faut pas entendre sur la Terre, tout de même,

41

se dit-il. J'ai envie de lui répliquer que j'ai eu mon Bac A avec mention Bien il y a plus de cinquante ans (non, je n'ai pas intérêt à lui laisser supputer l'âge que je peux avoir), que j'ai été prof de latin, grec, que je sais manœuvrer un voilier, godiller dans un port encombré, cuisiner un homard flambé au calvados, slalomer dans la neige fraîche, que sais-je encore ? Une seule remarque me ferait respecter, dire d'un air dégagé :

— Vous connaissez bien sûr l'ordinateur qu'ils viennent de sortir chez Sony ? Je l'ai vu la semaine dernière à Tokyo, c'est super ! Ça enfonce vraiment les hauts de gamme américains !

Mais je ne sais pas dire ces choses-là. Au lieu de le snober, je demande le poids de tel ou tel modèle, car je veux pouvoir le transporter chaque été en Bretagne, et le vendeur se dit qu'en plus d'être vieille et d'être conne, je suis une vieille conne bretonne, limite impotente... Bécassine n'a pas forcément la cote sur le marché informatique.

Alors à quoi bon gâcher sa matière grise (qu'il possède en quantité limitée, inversement proportionnelle à sa goujaterie, mais ça il l'ignore encore). Avec une condescendance excédée, il me conseille d'investir plutôt dans une machine à écrire Hermès-Baby. On en trouve encore dans quelqucs boutiques d'occasion. Puis il me reconduit fermement vers la sortie, consentant à regret à me laisser emporter un lot de brochures sur les principaux types d'« ordi », puisque j'insiste.

C'est avec soulagement que je retrouve l'air pollué du boulevard, l'air indifférent des passants et l'estime de moi-même que je ramasse dans le caniveau. Je vais me passer de ces blancs-becs, me plonger dans les brochures et déterminer moi-même le type d'ordinateur qui me convient.

Et je vais bien m'amuser si j'en juge à l'air ravi des jeunes gens qui présentent les différents modèles. Ils ont tous moins de vingt-cinq ans, aucun n'a de cheveux gris, je devrais me méfier ! Mais nous sommes habituées, nous les plus de soixante berges, à voir des nanas impubères vanter des crèmes antirides ou nous conseiller en cas de varices ou de jambes lourdes.

Je repère tout de suite le modèle qui me conviendrait : *Acer Power F1B : le succès de la simplicité. Tout ce que je demande. 256 MoDDR extensible à 2 GO. Contrôleur 10/100, ethernet intégré. Et Combo DVD/CDRW* [1]. La simplicité

---

1. Je précise que toute ressemblance avec des brochures existantes n'est pas fortuite.

même, en effet ! Sur ce texte de dix pages, je n'ai compris que les articles et les conjonctions…

Passons plutôt à la brochure suivante et voyons *L'Altos G510, le choix qui s'impose.* Le prix aussi est imposant. Oui, mais *Hotplug sans clavier !* Moins il y a de pièces, plus c'est cher mais plus c'est facile à manier, non ? Et dans la même gamme, voir *L'Acer Ferrari. Rouge vermillon, une véritable formule 1, digne d'une passion totale.* Magnifique carrosserie effectivement et parce que c'est rouge, c'est encore plus cher. Bon. C'est pareil pour les appareils ménagers. Mais ce que je cherche, moi, plutôt qu'une Ferrari, ce serait une Acer Twingo ! Ce n'est pas possible que ça n'existe pas. Poursuivons.

A chaque page de chacune de ces brochures, de très beaux jeunes gens manipulent ces engins en riant aux éclats. C'est visiblement jubilatoire de se servir d'un ordinateur. Beaucoup de ces jeunes sont des minettes, qui sourient aux anges, tout à fait décontract', pour bien montrer que même la plus bécasse maîtrise sans effort cette technique. Pour moi qui suis licenciée ès lettres, ça va donc être un jeu d'enfant.

Voilà par exemple le *Acer Aspire Travel Mate I520.* Ça commence bien, j'ai tout compris : Travel Mate, ça veut dire compagnon de voyage. *Lâchez votre ordinateur à 64 bits,* est-il recommandé. Celui-ci est *NEW!* Le grand mot est lâché. Donc il faut jeter le vieux ; et la vieille avec, pendant qu'on y est...

Le modèle supérieur à partir de quinze mille francs, ouh là là ! Ma licence ès lettres perd peu à peu de son prestige, ça ne mène à rien finalement. Les compétences acquises seraient-elles un obstacle à l'acquisition de nouvelles compétences ?

Et dire qu'il existe des Acer palmatum purpureum, si faciles d'accès dans toutes les pépinières et que pour trois cents francs je pourrais acquérir un scion d'un mètre, que je planterais à Kerdruc ou ailleurs, sans avoir à me torturer les méninges !

Allons, reprends courage, Alice : ouvrons ce joli manuel qui s'appelle Modem. Pas très catholique, ce mot-là ! D'ailleurs, il n'est pas dans mon *Littré*, ni dans le *Robert* en quatre volumes, ni même dans le *Harraps* anglais-français. Ça commence bien !

« *C'est le fax-modem le plus rapide sur le marché* (j'aurais préféré le plus lent, mais passons). *Vitesse et téléchargement allant jusqu'à 56 Kbits, rétrocompatible avec les Modems V34.* »

Ah, V34 ! Ça me rappelle un bon souvenir : les V8. J'ai eu une V8 dans le temps. D'accord, la nôtre n'était pas « new », nous l'avions achetée d'occasion, Adrien et moi, cette Ford V8, notre première voiture en 1947. Huit cylindres en ligne, disait fièrement Adrien, oui, Médème ! Pardon : oui, Modem !

Je savais repérer la jauge, remettre de l'huile, déconnecter les cosses de la batterie, changer un pneu, même, manier le cric, reboulonner le pneu de secours et me rendre au garage le plus proche pour faire vulcaniser le pneu crevé. Car on réparait en ce temps-là, oui, Modem. On ne jetait pas les objets ayant servi à la décharge, ni les personnes ayant vécu.

Bref, je n'étais pas au degré zéro. Et pourtant je n'avais passé mon permis qu'à trente ans à cause de la guerre et de l'Occupation. Avant notre première voiture, je n'avais roulé qu'en vélo puis en Solex. Mais je n'ai jamais été une de ces traînées, obligées en cas de crevaison – et elles étaient fréquentes en ce temps-là – de se planter au bord de la route dans une posture aguichante, pour faire signe à un conducteur mâle afin qu'il vienne leur montrer où était le pneu de secours, jamais repéré, et se charger de toutes les manœuvres. Je savais vivre en somme sans appeler les hommes au secours. Ce n'est pas forcément une qualité mais je n'imaginais pas qu'un jour, même au prix d'un effort colossal, je resterais seule sur le bord de la route.

Qu'un jour viendrait où je serais éjectée de la société des vivants. Une moins que rien. Inepte. Inapte. Périmée comme un yaourt.

Je ne me suis pas laissé décourager, pour autant. J'étais une ancienne prof, une journaliste, oui ou zut? Je ne dis plus jamais zut en public, un mot charmant pourtant mais qui sent sa jeune fille élevée au couvent.

Donc j'ai repris page 18 du User's Guide et tout de suite on m'avertit : « *Le logiciel de communication étant conçu pour protéger l'utilisateur de la difficulté pesante des commandes AT, il est fortement conseillé de faire fonctionner le Modem par l'intermédiaire d'un logiciel.* » Ah! Ils reconnaissent « la difficulté pesante des commandes »! Mais ces gens-là adorent les difficultés pesantes. Ils sont incapables de simplicité, persuadés que c'est une preuve de compétence de faire compliqué alors qu'il faut bien plus d'intelligence pour faire simple. Mais comment nous domineraient-ils, si nous les comprenions? Et puis logiciel, je ne sais même pas ce que ça veut dire.

Suit la rubrique DÉPANNAGE beaucoup plus fournie que la rubrique USAGE. Pas rassurant. Et en conclusion du MODEM, trois pages de codes à vitesse *de 2 400 bits/s ou 4 800, et jusqu'à 921 600 bits avec connexion de 931 600 ou 56 000 bits...* des bits des bits des bits... Pitié!!! Mais *si vous ne pouvez résoudre vos difficultés après lecture de ce livret Modem, contactez votre revendeur pour assistance. Puis voyez les données V42 bis classe 5, tous les bits avec contrôle de flux.* Là, je suis assommée! Adrien avait raison : Belzébuth est entré dans la maison, et sans les bits, pas de salut! Il ne me restait qu'un recours : contacter la bite de mon revendeur pour qu'il m'explique le contrôle de flux.

En d'autres termes, j'ai composé le numéro d'un jeune technocrate, ami d'une amie, en appuyant sur des touches téléphoniques bêtement numérotées en clair de 0 à 9, et j'ai réussi à atteindre une bite à pattes que j'ai chargée d'acheter pour moi un ordinateur portable, bas de gamme ai-je insisté, plus une imprimante, qui me permettraient le traitement de texte puisque j'étais sommée de renoncer à ma splendide vieille Remington et à ma petite Hermès-Baby de voyage qui était devenue avec les années une Hermès-Mamie. Ces deux fidèles compagnes pourtant m'avaient accompagnée toute ma vie acceptant d'imprimer mes écrits en cinq exemplaires grâce au papier pelure et aux carbones Armor, qui ne m'avaient jamais humiliée, eux! Hélas, on ne trouvait plus de rubans encreurs. Hélas, certaines touches de ma

Remington étaient bloquées et j'avais l'impression de conduire une charrue. Hélas, les rares réparateurs restant sur la place de Paris l'avaient regardée de l'œil attendri d'un paléontologue découvrant une mâchoire de mammouth édenté… mais aucun ne disposait de dents de rechange. Comme on fait pour les antiques machines à coudre Singer à pédales, j'ai exposé ma Remington noire et or sur une console dans l'entrée à la manière d'un objet d'art. Beaucoup de mes amis qui ont roulé en Remington ou en Underwood pendant tant d'années la caressent en passant. Elle coule une retraite bien méritée.

Quant à moi, j'ai courageusement ouvert ma porte à Belzébuth : je l'ai! Il est posé sur une table pour lui tout seul avec son bel écran bleu des mers du Sud et j'ai en main son mode d'emploi «*just for starters*». Jusqu'ici tout va bien.

ONE : Begin unpacking. Ah, begin! Je me surprends à fredonner cette chanson merveilleuse «Begin the biguine», merveilleuse parce qu'elle est arrivée juste avant la guerre de 39 et que c'est en swinguant sur cette biguine chantée par Artie Shaw que je suis tombée amoureuse d'Adrien. On s'est mariés le 2 septembre 1939. Pour le pire puisque la guerre a commencé le 3! Donc, *Begin unpacking. Commencer le déballage.* Ça, je l'aurais trouvé toute seule. Ils nous prennent pour des débiles ou quoi ?

TWO : installez la batterie. On dit PILES en français, mais passons. On peut aussi dire *Plaatz de battery* ou, si vous préférez, *Soet batteriet.*

THREE : Mettre l'ordinateur sous tension. Encienda la compatadora. Quelle belle langue, l'espagnol, tout de même !

FOUR : Begin use. Commencez l'utilisation.

Et ma notice en quatorze langues s'arrête là, au bord du gouffre. Démerdez-vous, comme auraient dit les mecs du magasin s'ils avaient osé. Je feuillette tout le mode d'emploi, cherchant en vain un schéma, une photo du clavier, des conseils pour souligner, effacer, faire une marge… RRIEN ! RRIEN en quatorze langues.

Il est neuf heures du matin, je suis en pleine possession de mes moyens. Pas de cancer détecté, ni cholestérol, ni migraine, ni extrasystoles. Tout va bien. Je reprends donc :

Afin de vérifier si le Modem fonctionne bien, assurez-vous que les valeurs du Port COM et de l'IRQ correspondent à celui de votre logiciel.

Et mon Q.I., tu sais ce qu'il te dit, mon Q.I. ? Je vous préviens, jeunes gens, j'ai cent vingt et un de quotient intellectuel, ex-aequo avec Françoise Giroud. C'est Cavanna qui avait le plus beau Q.I. selon cette enquête de *L'Express* d'il y a quelques années. Etant la plus diplômée de notre Rédaction, j'avais honorablement représenté « Nous, les Femmes ». Alors vous ne m'impressionnez pas. Mais je sens monter ma haine pour les fabricants de logiciels, concepteurs d'ordinateurs et autres technotueurs. Il est clair que, comme tous ceux qui utilisent un langage codé, ils s'ingénient (puisqu'ils sont ingénieurs) à le rendre totalement opaque au commun des mortels. Mais la haine, c'est mauvais pour le cholestérol. A mon âge, les symptômes les plus divers sont toujours en embuscade. La sagesse serait de renoncer et de reconnaître ma défaite... pour le moment. Disons que Belzébuth a gagné le premier round par K.O. technique.

Reste à réduire la bête immonde au silence. Je cherche le bouton ON/OFF. Vous plaisantez ? Ceci n'est pas un grille-pain. Vous êtes dans le monde magique de l'électronique. Nique ta mère, Mickey ! Je m'enfuis laissant tout mon matériel sous tension et je pars sangloter dans ce bon vieux téléphone pour appeler mon revendeur. Il est « très occupé et passera un de ces jours ».

J'appelle Marion, elle est formelle. Je dois m'interdire tout recours à ma chère vieille Hermès. « Si tu la remets en service, tu ne retourneras plus jamais à ton ordinateur. C'est ta dernière chance, maman. Tiens bon. »

Quant à Xavier, qui surfe aussi brillamment sur Internet que sur les vagues, il est à l'autre bout du monde, le lâche.

Adrien a été merveilleux. Ça lui fait du bien de me voir démolie. Il s'est montré d'une tendresse et d'une compassion qu'il exprime rarement. « O rage, ô désespoir, ô vieillesse ennemie, n'as-tu donc tant vécu que pour cette infamie ? », a-t-il déclamé en me proposant de massacrer mon ordinateur à coups de marteau. Puis il m'a emmenée dans un des meilleurs restaurants de Paris, sachant que mes désespoirs ne résistent pas à des œufs brouillés aux truffes suivis de filets de sole au chambertin.

C'est tout à fait par hasard chez le pédicure que j'apprends deux jours plus tard qu'on peut se procurer au supermarché Casino un « *PC for dummies* », traduit très judicieusement en français par « Manuel pour les nuls ». Mon cœur fond dès les premières lignes : « Bienvenue dans le monde du P.C. démystifié, un livre où l'électronique n'est pas sacralisée mais enfin expliquée à une personne normale telle que vous. »

Pourquoi les vendeurs d'ordinateurs gardent-ils secrète l'existence du livre qui sauve ? Mais pour une raison évidente, Alice ! Toujours la même : c'est une question de pouvoir à ne pas partager. Et puis le plaisir d'évincer les maillons faibles, toutes ces débiles qui ont eu le tort de naître avant l'âge de l'électronique et qui voudraient accéder à ce qui les dépasse, au lieu de se consacrer à ce pour quoi elles ont été programmées et qu'elles font si bien : les travaux ménagers. Est-ce que les vendeurs d'ordinateurs cherchent à accéder aux travaux ménagers et à concurrencer les femmes ? Ça leur ferait mal.

III

Brian et Marion

Au débarcadère des Brittany Ferries à Cork, un jour de l'été 1973, un beau type plus très jeune attend une femme qu'il ne parvient pas à oublier. Il fait partie de ces Irlandais qui semblent porter sur leur visage l'histoire tragique de leur pays. Deux profondes rides verticales creusent ses joues couleur de brique, ses yeux très pâles sous d'épais sourcils s'ouvrent comme à regret sur son monde intérieur et ses cheveux roux sombre, très drus et bouclés serré, s'adoucissent de fils argentés sur les tempes, donnant à sa chevelure cette couleur indéfinissable qui, chez certains blonds ou rouquins, précède le blanc sans passer par le gris. Il a des cils courts et frisés comme ses cheveux et des taches de rousseur sur les mains et les avant-bras. Il est d'une taille au-dessus de la moyenne et les manches de ses vestes n'arrivent jamais à couvrir ses poignets.

Debout sur le quai, Brian attend sa vie et il attend déjà le malheur de la perdre quinze jours plus tard ; mais pour le moment il ne peut penser à rien d'autre qu'à l'instant où il serrera cette femme dans ses bras, abolissant l'absence, si longue qu'elle ait été.

Car Brian, c'est Tristan, c'est Lancelot, c'est Arthur ou Gauvain, c'est un Perceval qui ne rapportera jamais de Graal et c'est un homme qui attend une femme qu'il ne cessera jamais d'aimer.

> *Suis-je l'amant, O Notre Dame de la*
> *Nuit ?* se récite-t-il tout bas.
> *… Suis-je l'amant, O Reine des*
> *lumières*
> *Toi dont le nom imprononçable étourdit*
> *les échos des montagnes*
> *Toi l'immense et belle au fond des âges*
> *Toi dont le nom n'est que mon ombre*
> *O Moïra, ma dame de lumière* [1]*…*

Tous les hommes me prient à un moment de leur vie mais si peu savent ou osent me nommer ! C'est pourquoi je me suis toujours sentie

_____
1. Jean Markale, poème inédit cité par Charles le Quintrec.

vivre, si une expression pareille m'est permise, parmi les poètes des pays celtes qui ont su donner sa place à l'invisible, les plus fous d'entre eux venant de cette île d'Irlande, si longtemps isolée du reste du monde, et qui « vit sur un sol suant la poésie par tous les pores de ses sources, de ses lacs, de ses vallées et de ses collines[1]... »

Le *Quiberon* avait quitté le port de Roscoff quinze heures plus tôt sous le crachin. Il remonte maintenant la rivière de Cork sous une pluie si drue qu'on distingue à peine les rives. Il existe onze mots en gaélique pour définir les différentes sortes de pluie, comme il y en a quatorze au Québec pour décrire la neige dans tous ses états. La température a chuté de dix degrés depuis les côtes bretonnes et ici, ce matin, l'été semble déjà fini. Mais il faut renoncer en débarquant dans la verte Erin à ses critères, à ses habitudes et à sa grille de jugements. Il ne fait pas plus mauvais en Irlande qu'en France, il fait autrement mauvais. De même que Marion n'aime pas Brian plus que Maurice, son mari, elle l'aime autrement. C'est ce qui facilite son atterrissage dans une autre vie, chez un autre homme, à qui elle va parler d'amour dans une autre langue que la sienne.

---

1. Jean Markale, *Histoire des Celtes.*

La touche étoile

En tant que Moire, j'ai un faible pour les histoires qui demandent beaucoup au destin. J'admire qu'un petit nombre d'humains qui semblaient voués à une vie conventionnelle, bénie par leur Eglise, approuvée par leur milieu social, garnie d'enfants, de travaux, de soucis, du lot habituel de plaisirs et de chagrins, j'admire que ces quelques-uns croient soudain au miracle et se conduisent en cachette comme des dieux (je parle des dieux de l'Olympe, bien sûr, ceux qui m'ont inventée, joyeux coquins, jouisseurs et amoureux de la Création sous toutes ses formes ; ou bien des divinités païennes. Les autres, les monothéistes, fieffés machos égocentriques et despotiques, n'ont jamais rien compris au bonheur).

Aux humains dont je parle, le sort a fait un signe. Ils l'ont capté sans savoir que c'était une part de ciel et certains, à condition que je les aide, parviennent à se l'approprier.

> *Celui qui croyait au ciel*
> *Et celui qui n'y croyait pas*
> *Qu'importe comment s'appelle*
> *Cette clarté sur leurs pas*[1]...

---

1. Aragon.

58

Brian et Marion

Oui, qu'importe car rien ne prédisposait la fille d'Alice et d'Adrien au coup de foudre alors que tout y prédestinait Brian O'Connell, porteur du gène de l'amour fatal chez les Gaëls, peuple de l'Eternel Retour et des passions interdites. Mais il aura fallu bon nombre de hasards et de malheurs pour qu'advienne la rencontre de ces deux-là. J'y ai mis du mien, dès le début et jusqu'au bout.

Brian avait trente ans et était pilote pour une compagnie privée à Dublin. Marion en avait dix-neuf et préparait à Paris une agrégation d'histoire. C'était une brune aux yeux bleu-gris, sérieuse, jolie sans le savoir et timide, qui doutait de son pouvoir de séduction et de ses chances de réussite dans la vie. Mais entre ces deux-là justement il ne fut pas question de séduction ou de manœuvre et ils firent l'économie des habituels travaux d'approche. Au premier regard une vague les submergea qu'ils n'eurent pas le loisir de discuter. Quand Brian repartit pour Dublin quelques jours plus tard, un lien indissoluble s'était tissé entre eux. C'était comme si, dès la première rencontre, ils avaient élu domicile l'un dans l'autre pour la vie.

Ils le sentirent tout de suite mais refusèrent d'y croire, trop jeunes ou trop inexpérimentés

59

pour savoir que ce genre d'événement n'arrive qu'une fois au cours d'une existence, et plus vraisemblablement jamais. Brian parlait à peine français et passait sa vie en jet entre l'Europe et les Etats-Unis. Marion allait passer son agrégation et se préparait à enseigner en Afrique au titre de la Coopération, avec son fiancé Guillaume, grand reporter, spécialiste de l'Afrique noire et passionné comme elle de trekking et de déserts.

Ils s'écrivirent passionnément pendant quelque temps ; puis moins. Puis la vie se chargea de les ramener chacun vers sa trajectoire. Ils ne savaient pas encore que le souvenir des jours et des nuits passés ensemble resterait incandescent. Ils ne savaient pas non plus qu'ils ne seraient plus jamais, de toute leur existence, libres en même temps de vivre ensemble.

La destinée se moque bien de la moralité. Pourquoi aurais-je le moindre scrupule à intervenir parfois sur terre alors que la vie se charge, en matière de malheur et d'injustice, de dépasser les prévisions les plus cruelles ? Mais je repère si peu d'élus, si peu d'hommes ou de femmes aptes à reconnaître puis à saisir le bonheur que je suis tentée parfois de sortir de mon devoir de réserve pour que survienne l'improbable. Je n'y parviens que rarement d'ailleurs car les puissances contraires sont si nombreuses autour de chaque humain et les destins de chaque être si multiples… s'ils savaient! Tout ce qui passe à leur portée, tout ce qui pourrait être, tout ce qui était écrit et n'a jamais eu lieu…

Marion avait bien songé quelque temps à bifurquer vers l'Irlande mais les pesanteurs du quotidien étouffèrent bientôt l'invraisemblable épisode passionnel qu'elle doutait même d'avoir vécu avec Brian. Elle avait réussi son concours et Guillaume l'attendait. Elle l'épousa donc et vécut d'ailleurs heureuse avec lui jusqu'à l'accident : sa chute mortelle à moto dans les sables de Mauritanie au cours d'un des premiers Rallyes Paris-Dakar, moins de deux ans après leur mariage.

Dans l'euphorie de la jeunesse, quand on pense encore que la vie est diverse et les hommes innombrables, du fait d'une honnêteté foncière aussi, Marion avait cessé depuis son mariage d'écrire à Brian. Elle ignorait qu'à près de quarante ans, il venait de perdre sa mère chez qui il vivait encore et se trouvait très seul.

Obscurément, sans doute voulait-il aussi mettre entre son amour fantasmé pour Marion et sa vie quotidienne le poids de la réalité. Sa mère avait toujours souhaité lui voir épouser sa lointaine cousine, Peggy Ahern, son amie d'enfance. Il finit par s'y résoudre. Quand il recevra quelques mois plus tard la lettre de Marion lui apprenant la mort de son mari, Peggy est déjà enceinte.

Il se trouve que lui aussi est d'une honnêteté foncière et, malgré son désespoir, il ne se permettra plus que quelques lettres par an à celle qu'il redoute et brûle de revoir un jour. La première est pour annoncer la naissance d'un petit garçon baptisé Eamon en souvenir de Valera, fondateur de l'Irlande libre. C'est à l'abri de cet enfant qu'ils reprendront une correspondance régulière, cachant sous le récit de leurs vies quotidiennes les tisons d'une passion qu'aucun d'eux ne parvient à éteindre.

Mais le divorce est interdit en Irlande et Brian est d'un pays où la morale est toute-puissante et où les responsabilités paternelles et conjugales interdisent tout espoir d'évasion. Et c'est un homme qui ne transige pas sur son devoir. Du moins le croit-il, jusqu'au jour où la passion le mettra en contradiction avec ses principes.

Marion, qui est rentrée du Sénégal après la mort de Guillaume, enseigne maintenant à Vincennes et, encouragée par Alice, sa mère, qu'on surnomme dans la famille « la pétroleuse », se spécialise dans les études féministes encore embryonnaires en France. Son frère Xavier termine l'IDHEC[1] et commence à tourner des documentaires sur les fonds sous-marins. C'est par lui qu'elle fait la connaissance de Maurice qui termine aussi l'IDHEC et dont l'ambiguïté, l'ubiquité et la légèreté l'enchantent. Il écrit des chansons, des scénarios, des pièces de théâtre et des émissions pour l'ORTF et il a l'art de rendre la vie multiple et passionnante. Il aime les jeunes filles brillantes, les femmes mûres aussi, les ambitieuses, les coincées aussi, les sans-scrupules-excessifs, les tendres et les dures aussi, les directrices et les secrétaires... Marion n'est rien de tout cela et cependant ils vont tomber amoureux, à juste titre car ils ne cesseront pas de se surprendre au long de leurs vies, ce qui constitue un des alibis les plus sûrs de l'amour. Amélie naît un an après leur mariage. Pour Séverine-Constance, ce sera plus tard.

En tant que Moire, je ne peux faire que l'amour naisse ou disparaisse entre deux êtres. Je ne peux que mettre en présence au bon moment et laisser agir. A l'occasion du 180e anniversaire de l'expédition du général Hoche en Irlande, Trinity College organisait, à Dublin justement, un colloque sur les relations franco-

---

1. Institut des Hautes Etudes cinématographiques.

irlandaises pendant la Révolution française. Une catastrophe, cette expédition, soit dit en passant, comme tout ce qui s'est passé en Irlande pendant cinq siècles : il fallait être fou pour embarquer des milliers d'hommes à Brest afin d'apporter rien moins que la Liberté aux insurgés de cette île, écrasée depuis trois siècles sous la domination anglaise, ravagée par la misère et la famine et dont l'Armée secrète n'était qu'un ramassis de paysans, catholiques comme des Vendéens et armés de piques et de fourches comme eux. Mais la France ne manqua pas de fous au long de cette Révolution de 1789, une grande époque pour les Moires, avec l'incroyable victoire de Valmy remportée sur les Prussiens par une armée de gueux, ou l'arrestation de Louis XVI à Varennes sur le coup d'œil d'un maître de poste qui fit basculer l'Histoire. Il fallait être fou aussi pour déclencher l'opération d'Irlande en plein mois de Nivôse[1], vers une des côtes les plus inhospitalières et les moins bien cartographiées d'Europe, le Connemara et le Kerry. Il faut dire que le général Hoche n'avait pas trente ans !

Avant même d'arriver, les deux tiers de ses navires furent dispersés par la tempête au sud

---

1. Janvier dans le calendrier républicain.

de l'Angleterre et quinze bâtiments seulement parvinrent dans la baie de Bantry où l'ouragan faisait rage. Ils rompirent leurs amarres dès la nuit suivante et furent contraints de prendre la fuite, abandonnant l'Irlande à la répression féroce de la Terreur orangiste.

Marion s'était toujours passionnée pour l'histoire tourmentée de ce pays si souvent mêlée à celle de la France. Elle y avait travaillé plusieurs mois lors de sa thèse, consacrée à Wolf Tone justement, réfugié à Paris en 1792 et instigateur de l'expédition de Hoche. Et qui devait être condamné au gibet à Dublin en 1798. C'est à ce titre qu'elle fut invitée au colloque.

Brian habitait toujours à Dublin et il était impensable de ne pas le prévenir de son passage. Elle ne reçut pas de réponse de lui et pensa qu'il ne prendrait pas le risque de la revoir.

Il vint l'accueillir à l'aéroport. Ils ne s'étaient pas revus depuis des années, mais dès le premier coup d'œil, ce fut comme s'ils ne s'étaient pas quittés et que leur histoire reprît son cours, annulant les épisodes intermédiaires.

Ils ne réussirent pas à se consacrer beaucoup de temps cette semaine-là, pris l'un et l'autre par leurs obligations professionnelles. Mais deux nuits passées ensemble suffirent à leur démontrer qu'ils étaient bien victimes d'un maléfice…

ou d'un enchantement selon le point de vue. Le mysticisme de Brian, hanté par la notion catholique de Péché, l'inclinait à se juger envoûté. Le matérialisme de Marion tendait à la même conclusion mais en l'emplissant de jubilation. Tout au long de cette journée qu'ils s'étaient accordée à la fin du colloque, ils avaient eu l'impression d'être en amour partout et incessamment : au restaurant Russell, sur les quais de la Liffey, au Donegal Shop, au National Museum, ce courant, ce tremblement, ce cœur qui s'emballe, ce regard qu'on baisse parce qu'on le devine obscène (l'autre le voit-il ? Bien sûr, il le voit, puisqu'il a le même !), la bouche de l'autre que l'on ne peut quitter des yeux, cette émotion quand ils s'effleurent et puis cette panique qui les étreint à l'idée que c'est fini, que demain…

Mais demain, c'est le commencement d'une autre histoire. Brian est frappé par la foudre et sait qu'il ne s'en remettra pas. Déjà, un étrange et honteux bonheur l'habite. Marion, qui aime forcer le hasard, est bien décidée à ne plus manquer une occasion de le revoir. Il est pilote après tout… et vient souvent en France. Leurs vies sont liées désormais, même si chacun sait qu'il ne peut rien bouleverser pour le moment. Ils ne se demandent pas où ils vont. Ils y vont… C'est ce qui m'émeut chez les humains, cette inconséquence! C'est qu'ils soient si déraisonnables!

Et c'est ainsi qu'un jour de l'été 1973, Marion se retrouve au débarcadère des Brittany Ferries à Cork et cherche des yeux dans la foule un homme qui ne voit qu'elle. Son mari, Maurice, est à Sydney où il est allé accueillir les navigateurs de la course autour du monde. Peggy, l'épouse de Brian, est partie avec son fils auprès de sa mère à Londres, pour soigner son père qui se remet mal d'une attaque qui l'a laissé hémiplégique.

Ils ont dix jours devant eux, et ont décidé de se réfugier à Sneem, dans la petite maison du Kerry où Brian a passé son enfance.

IV

Sneem ou l'édredon rouge

La perspective de ces dix jours, pour nous qui n'avions jamais passé plus de quelques heures consécutives ensemble, a déjà modifié nos comportements. La boulimie amoureuse n'est plus de mise. Nous allons vivre enfin les étapes normales de toute rencontre et sommes transformés pour commencer en fiancés timides, une étape que nous avions sautée.

Deux heures de route séparent Cork, où je viens de débarquer, de Sneem où Brian possède une vieille maison de famille, « un peu délabrée », avoue-t-il. Une phrase qui m'inquiète : pour qu'un Irlandais parle de délabrement, il ne peut s'agir que de ruines ! Je dispose de deux heures pour refaire connaissance, pour découvrir Brian dans son pays natal, donc un peu plus lui-même, pour poser ma main sur sa main tachée de roux, puis sur sa cuisse, mais poliment pour le moment, tandis que nous traversons la belle ville courbe de Cork, puis Macroom, faisons un détour par le port de Bantry, qu'il veut me faire visiter en souvenir de l'expédition de Hoche, puis rejoignons Kenmare et enfin le bourg multicolore de Sneem et les quelques kilomètres qui le séparent de Blackwater Pier, un village abandonné, presque un souvenir de village comme on en voit tant dans l'Ouest. Il n'en subsiste que quelques pans de murs troués de fenêtres béantes sous des toitures défoncées, où se dressent encore vers le ciel quelques poutres, comme des bras implorant vengeance et, tout au bout du chemin chaotique qui vient mourir parmi les chardons bleus d'une plage, « The Old Cottage » de Brian, qui était déjà old il y a cent cinquante ans, quand les habitants durent choisir entre mourir de misère sur place ou émigrer aux Amériques. En cinq ans, un million et demi d'Irlandais moururent de faim et un million durent quitter leur pays.

Le résultat fut d'ailleurs dans les deux cas un désastre pour l'Irlande : églises catholiques incendiées par les protestants anglais, manoirs et châteaux rasés, jusqu'au dernier, villages désertés, cultures abandonnées, provinces de l'Ouest condamnées à mort.

Sneem ou l'édredon rouge

« Or hell, or Connaught[1] », avait dit Crom-well en 1654 en une formule célèbre, lorsqu'il confisqua les trois quarts des terres d'Irlande, repoussant vers les landes infertiles du Kerry et les côtes sauvages du Connemara les deux millions de Gaëls qu'il venait de vaincre.

Ce fut le Connaught et en prime l'enfer.

Brian m'avait pourtant préparée au spectacle qui nous attendait mais comment exprimer la déréliction qui étreint encore quatre siècles plus tard le visiteur, en découvrant ces maisons si squelettiques qu'on dirait des ruines de ruines ? Seul son « Cottage » était encore debout face à la mer, beaucoup plus misérable que la plus misérable chaumière de chez nous, à peine une chaumine, déshonorée en plus par une toiture en panneaux goudronnés et entourée d'un ancien jardin plein d'herbes folles et de fleurs des champs comme on en trouvait en France au bord des routes de terre, dans mon enfance, avant l'invention des engins hache-talus.

— Pourquoi tu n'as pas remis un toit de chaume comme avant sur ta maison ?

— A cause de la citerne, dit fièrement Brian. La pluie ne s'écoule pas sur la paille. Et puis c'est très cher. Chaque paysan se faisait son toit

---

1. « Le Connaught », province de l'Ouest irlandais.

lui-même autrefois et il n'y a plus de paysans par ici. Le chaume aujourd'hui, c'est pour les touristes.

Il me fait les honneurs de sa propriété, l'appentis fraîchement rafistolé où trône un canot rafistolé à la hâte aussi, qu'il s'est fait prêter pour que nous puissions aller à la pêche; et le casier à homards qu'il a récupéré apparemment dans une décharge, et où aucun crustacé breton ne serait assez naïf pour se faire prendre! Une douche a été aménagée derrière la maison, à côté de la citerne, et dotée d'une porte à claire-voie, qui laisse passer la pluie et l'humidité. Mais après tout, dans une douche…

Vu la disposition des lieux, je n'exclus pas qu'il faille passer par l'extérieur pour y accéder… ainsi qu'à la mal nommée «fosse d'aisance», rudimentaire et surmontée d'une chaise percée.

Sur la mer qui frissonne doucement le long de l'immense plage de sable, règne une lumière qui n'ose pas dire son nom et n'évoque ni soir ni matin : celle qui devait envelopper les planètes avant la séparation des eaux et de la terre, une lumière presque liquide. Mais il ne pleuvait pas vraiment, non; enfin, pas tout à fait. Juste assez pour justifier que nous nous réfugiions sans tarder dans la maison. Conçue comme les chaumières bretonnes, elle s'ouvrait par un couloir central sur une pièce de chaque côté : la chambre à droite et la cuisine à gauche, dotées chacune d'une cheminée de briques où étaient préparés des feux d'une belle tourbe grossière d'où dépassaient des brins de paille. Sauf dans le couloir où ont été assemblées quelques pierres plates, le sol est en terre battue. En guise de meubles, des coffres et des bancs de bois de sapin mal dégrossi ; sur les tables, d'antiques lampes à pétrole et dans un coin un réchaud à butane et un évier surmonté d'un robinet, apparition bouleversante dans ce contexte.

Nous nous regardons, un peu désemparés. Brian voit soudain sa maison par mes yeux et se demande s'il a bien fait de m'inviter. Il ne sait que dire ni que proposer. Nous nous apercevons que nous ne savons rien faire d'autre ensemble que l'amour ! Jamais n'avons eu le loisir de bavarder de choses et d'autres… en attendant… Jamais n'avons bricolé ensemble, fait des courses, cuisiné. Des questions banales, comme « Veux-tu un drink ? » ou « Et alors, quoi de neuf chez toi ? » paraissent totalement déplacées, nos « chez nous » respectifs ayant perdu toute réalité. Nous sommes ici dans un non-lieu où la seule vérité, c'est ce désir pour le corps bien vivant de l'autre et ce regard éperdu que nous échangeons où vient de surgir toute la violence de nos sentiments. Sans un mot, nous nous laissons aspirer l'un par l'autre et la réponse est en nous et le centre de l'univers est où nous sommes.

Dans un coin de la chambre, se trouve un vieux lit paysan très haut sur pieds et garni d'une paillasse qui crisse et craque à chacun de nos mouvements, recouverte d'une housse de toile toute neuve qui sent le lin brut comme autrefois chez nos grand-mères. Pour nous tenir chaud, un édredon rouge en duvet que Brian vient d'apporter de Dublin.

— Je n'ai pas eu le temps de t'installer une vraie maison, souffle-t-il, tout le temps que j'y aurais passé serait du temps en moins avec toi, tu comprends.

— Tu as bien fait, my love, il y aurait eu trop de travail de toute façon : personne n'a habité ici depuis un siècle, on dirait.

— Mais si, bien sûr ! Mes parents, il y a une trentaine d'années. C'est eux qui ont construit la citerne et posé un évier. Ils avaient une vache dans l'appentis, des moutons dans la colline derrière, et un âne aussi, je me souviens, pour aller en carriole à Sneem. Mais ils n'ont pas pu rester : c'était comme d'être les seuls vivants dans un cimetière ! Ils sont partis quand j'ai eu

74

huit ou neuf ans, pour que je puisse aller à l'école. J'étais désespéré. Moi, j'avais pas peur des morts dans ce village. Ils me parlaient… c'étaient mes amis!

J'imagine mon petit rouquin à neuf ans, son cartable sur le dos, des taches de rousseur plein la figure et la nostalgie des farfadets et des leprechauns qui hantaient les marais de son enfance! Et qui hantent ses rêves aujourd'hui encore, j'en jurerais.

Nous aurons le temps demain de parler de nos enfances; la conversation n'est pas notre mode de communication pour le moment. Nous ne comprenons qu'un seul langage: celui qu'on chuchote sous une couette dans l'éblouissement de se comprendre si bien.

L'amour se dit et se fait presque à notre insu sans que nous en distinguions le début et la fin. Il n'y a pas de fin d'ailleurs puisque nous avons une éternité devant nous: dix jours! Avant que je ne glisse dans le sommeil, Brian a remonté l'édredon sur mes épaules d'un geste venu du fond des âges et qui me met les larmes aux yeux. Je m'endors comme une femme du temps des cavernes sur qui son homme va veiller, disposant une peau de bête pour la protéger des animaux sauvages et des mauvais esprits.

Je ne sais plus si nous avons dormi cette

nuit-là. Brian se levait de temps à autre pour remettre une bûche de tourbe dans la cheminée où crépitaient à bas bruit des flammes bleues comme des feux follets.

A l'aube, je me suis levée pour regarder par la fenêtre minuscule de quel gris était la pluie. Des rouleaux d'écume se pourchassaient sur la plage en contrebas. On aurait dit qu'un coup de vent se préparait et puis le ciel changea d'avis tout à coup et le paysage sous le soleil devint net et vif. Des courlis se promenaient à la limite de l'eau, laissant sur le sable humide la marque étoilée de leurs pattes.

Dans la cuisine, Brian avait tout préparé! Les buns grillés sur les braises, du lait mousseux dans un pot ébréché en porcelaine anglaise où s'ébattaient des lapins dans un semis de boutons de roses. Les Anglais ne résistent pas aux boutons de roses ni aux petits lapins et ils ne pardonnent pas aux Français de pouvoir manger Bunny Rabbit en civet!

— Ne bouge pas et regarde, me dit Brian soudain en désignant du menton le sentier : un grand faisan doré, orné d'une traîne somptueuse, s'y promène majestueusement, comme chez lui, suivi de sa faisane. A l'aube, tu verras, ce sont les lièvres qui viennent jouer dans l'herbe. Ils sont chez eux ici, comme les visons, les martres et les renards aussi. Nous ne sommes que deux spécimens d'une espèce disparue : c'est nous les intrus !

— C'est pas tout ça, m'écriai-je, tu as vu l'heure ? Le bas de l'eau est à dix heures ! Si on veut manger des crevettes et des coques à déjeuner...

— C'est pas tout ça ? *It's not all that* ? Qu'est-ce que ça signifie ? J'ai jamais vu ça dans ma méthode de français !

— Expression intraduisible en anglais, et inexplicable en français ! Laisse tomber, Brian : *let fall*, comme tu ne le dirais pas. Allez, on met nos bottes et on fonce. Je suis venue pour pêcher, moi, et ça m'a l'air fantastique par ici !

— Pecher avec accent aigu ou accent circonflexe ?

— Dis donc, qu'est-ce que tu as fait comme progrès en français... Mais à la pêche, ça va être une autre paire de manches, j'imagine...

— *Yes : another pair of sleeves*, dit Brian, résigné à l'opacité des langues étrangères.

On commence par la pêche à pied. Nous mettrons le canot à l'eau dans la soirée dès que la mer sera haute, en le traînant sur ce qui reste d'une cale qui a dû servir autrefois à amarrer de fiers curraghs. Elle est défoncée aujourd'hui et jonchée de débris divers, cordages effilochés, avirons brisés, outils qui semblent abandonnés depuis cinquante ans, vieux pneus et carcasses de fourneaux. Pour les Irlandais, la mer est d'abord un dépotoir. Ce sont les champions du foutoir, de l'à-peu-près, de la bricole. Ils n'aiment rien tant que remplacer les goupilles de moteur hors-bord par des épingles de nourrice, les avirons par des planches pourries et l'élégante épissure par un bon nœud de cuisinière. Mais si les rivages sont des poubelles, la mer n'est pas pour autant un garde-manger! Personne ne se soucie de ramasser les moules qui bleuissent les rochers, de traquer les crevettes sous les laminaires, ou de ramasser les palourdes dont j'ai repéré hier soir les centaines de trous jumeaux dans le sable. Plutôt mourir que chercher sa pitance dans la mer!

— Et ce n'est pas une figure de rhétorique, confirme Brian. Quand les récoltes de pommes de terre ont été anéanties par les doryphores au siècle dernier, ils sont morts sur ces côtes, là où nous sommes, par centaines de milliers, plutôt que de se nourrir des produits de la mer! C'est une de ces choses que personne ne peut expliquer dans ce pays. J'ai demandé à des historiens, des sociologues, des savants… était-ce un interdit religieux? Un tabou? La loi de l'occupant qui interdisait à un Irlandais de posséder une embarcation ?

— Mais les enfants au moins auraient pu pêcher à pied, de quoi ne pas mourir de faim en tout cas ! C'est tout de même fou, cette histoire.

— Tout est fou dans ce pays, dit Brian. « L'Irlande c'est une névrose » a écrit un de nos poètes, je ne sais plus lequel, il y en a tant…

— Ils auraient tous pu écrire ça ! Rien de tel que les écrivains irlandais pour dire du mal de l'Irlande.

— Et pour ne jamais s'en guérir pourtant.

— Si tu veux mon avis, Brian, c'est à un sorcier qu'il faudrait demander une explication. Comment comprendre que votre saint Patrick se soit embarqué sur une auge de pierre pour aller évangéliser l'Europe ? Les Vikings avaient déjà des drakkars et ce moine gaélique a été choisir une auge de granite… Une idée de fou !

— Au contraire, déclare Brian, vous autres, du pays de Descartes, vous ne comprendrez jamais l'Irlande. Et saint Patrick savait que c'est la foi qui fait flotter ! Ils manquaient de bois pour construire un bateau, d'expérience pour naviguer, mais de la foi, ils en avaient à revendre. Ils ont utilisé le matériau qu'ils trouvaient sur place ! Et tu connais le résultat… les abbayes fondées en France, Jumièges, Saint-Gall en Suisse, beaucoup d'autres!

— En attendant, même pour aller dans la baie, j'ai l'impression qu'il faudra une foi sans faille pour faire flotter l'embarcation que tu m'as montrée tout à l'heure... Et moi, la mécréante, je risque de nous faire couler! On sera plus tranquilles à la pêche à pied, surtout avec l'engin que j'apporte de Roscoff, regarde!

Je déballe mon joujou tout neuf, un have-neau au manche démontable avec manchon à cliquet en aluminium et nappe de filet bleu des mers du Sud. La Jaguar des filets à crevettes! J'avais d'ailleurs hésité à la ficeler sur ma valise à roulettes craignant de ressembler à Bécassine en voyage! Et puis j'ai découvert que le Ferry d'Irlande était peuplé de pêcheurs bretons et normands munis d'équipements sophistiqués pour le saumon et le requin, de moulinets dernier cri et même de tramails en nylon dans leurs sacs à dos! J'étais loin d'être la plus ridicule parmi tous ces doux maniaques...

— Doux? a protesté Brian, vous êtes des prédateurs, oui! Des tueurs! Comme les chasseurs de tigres en Afrique. Pareil! C'est pas parce que les poissons ne crient pas que...

— Cause toujours, mon loup, ai-je crié en pénétrant dans une eau qui m'a paru glaciale malgré le Gulf Stream. Pourtant je suis équipée comme un pêcheur des îles Féroé : cuissardes, ciré, suroît, une hotte en bandoulière, une poche à crevettes à la taille, un croc attaché dans le dos et mon haveneau.

Je tente une première incursion sous une touffe de laminaires quelconque, au pied d'un écueil qui n'a l'air de rien et c'est l'émotion de ma vie ! Trente ou cinquante *palaemon serrata*, appelées chez nous dans le commerce « bouquet royal », s'agitent comme des folles au fond du filet. Serais-je tombée sur un gisement ? Mais non, sous chaque algue, dans chaque anfractuosité, au cœur de chaque herbier, grouillent des millions de ces bestioles transparentes que personne n'a dérangées depuis les siècles des siècles ! Je me détourne pour crier mon enthousiasme à Brian :

— C'est plein de tigres ici. La prédatrice se régale ! C'est génial chez toi !

Il est debout au milieu de la baie, de l'eau jusqu'au ventre, tenant d'une main un manche cassé en deux et de l'autre la nappe déchiquetée de sa vieille bichette retrouvée dans l'appentis et qui s'est brisée sur le premier caillou rencontré. Je n'ai pas le temps de m'apitoyer : il n'y a pas d'amour qui tienne devant l'impératif d'une grande marée dans un eldorado comme celui-ci.

Ma hotte est très vite pleine, hélas, bien que j'aie rejeté à la mer des myriades de crevettes moyennes que je trouverais de première grandeur en Bretagne. Mais j'ai repéré une de ces rares mares sans goémon où l'eau est parfaitement transparente donc propice aux oursins. Il suffit de se baisser : j'en ramasse vingt en quelques minutes, coincés dans une faille de la roche et qui ont tant grossi sans rencontrer d'ennemis qu'ils ne peuvent plus se dégager ; je vais les tirer de là, les pauvres... J'ai un Opinel et je gobe sur place ceux que je casse en les extirpant. Ils ne souffriront pas longtemps...

— Tu aimes les « urchins », ai-je crié à Brian qui rôde sans conviction dans la baie. Une mimique d'horreur se peint sur son visage, qui m'oblige à interrompre ma cueillette pour aujourd'hui.

Restent les palourdes, les pétoncles sous les pierres mousseuses et quelques coquilles Saint-Jacques surprises par le jusant et ayant l'imprudence de le faire savoir par des claps sonores !

Reste surtout l'éblouissement de découvrir dans cette odeur puissante qui n'appartient qu'à l'océan ces milliers d'espèces où l'animal se fond peu à peu dans le végétal sans qu'on puisse discerner à quel règne appartiennent tous ces drôles d'organismes, coraux, algues roses ou brunes, mousses ourlées de volants, machins de toutes formes qui bougent vaguement, produits d'une imagination délirante, dont la plupart ont disparu des rivages de la vieille Europe et ne subsistent que dans quelques îles de l'extrême-ouest de la Bretagne, à l'état d'espèces mena-cées, pouces-pieds, holothuries, syngnathes et autres hippocampes de mon enfance concar-noise.

C'est l'éblouissement aussi de voir venir à ma rencontre un spécimen aussi rare qu'un hippo-campe, un centaure peut-être?... Je ne vois que sa crinière et le haut de son corps pour le moment... Non, voilà ses deux jambes, ce n'est donc pas un centaure, c'est un homme assez fou d'amour pour prendre une pêcheuse des îles Féroé, bonnet de laine mouillé, K-way taché de vase et cuissardes à bretelles, pour Vénus sor-tant des eaux.

Je me déleste de tous ces trésors que je peux à peine porter et nous rentrons fourbus dans cette ruine qu'il faut bien appeler « la maison ».

Brian a chauffé l'eau pour le seau de la douche, géniale invention, dont le fond est percé d'une pomme d'arrosage que l'on actionne en tirant sur une ficelle. *Sancta simpli-citas!* Et il a ouvert grand la porte de la chambre et remis quelques boulets de charbon sur la

83

tourbe pour réchauffer le réduit qu'il s'obstine à appeler salle de bains. Quand je tire la chevillette, la bobinette cherre et l'eau chaude ruisselle. Aucun jacuzzi ne me paraîtra jamais plus luxueux.

Dans la cuisine, j'entends Brian gémir en jetant les crevettes vivantes dans la bassine d'eau de mer bouillante. Attendre qu'elles meurent serait tout aussi cruel et elles seraient moins bonnes, lui ai-je affirmé. Il me restera ensuite à ouvrir les oursins, à poêler les coquilles Saint-Jacques, à farcir les palourdes, à ouvrir la bouteille de vodka et nous dégusterons en gloussant de plaisir les fruits de cette mer aussi généreuse qu'aux origines, qui remonte maintenant, hérissée de chair de poule par la pluie, me dérobant toutes ses naïves crevettes qui se croient libres sous leurs larges laminaires (« qu'est-ce qui a bien pu arriver aux copines ? » se demandent-elles…), sans savoir qu'elles ont rendez-vous demain avec une Française impitoyable qui ne leur fera pas de quartier.

Avant même d'avoir épluché sa dernière crevette, arborant le sourire faux-jeton d'un vendeur à domicile, Brian me désigne le ciel qui se déverse maintenant sous forme de ce que le *Kerry Man*, le quotidien local, appelle « *heavy rain* ». Ayant découvert mon addiction à la pêche en période de grandes marées, il m'avait promis que nous ne ferions l'amour dans la journée que par «*heavy rain*». Connaissant son pays, il ne prenait pas grand risque : nous avons failli passer dix jours au lit !

Nous nous regardons comme deux drogués en manque, sachant que le remède est là, sous l'édredon rouge. Et nous éclatons de rire comme deux imbéciles heureux. Parce que rien d'autre ne nous requiert que nous-mêmes. Parce qu'il n'y a pas de téléphone ici, ni de voisins, ni d'électricité, ni de morale autre que la loi de la vie, parce que rien n'existe que cette pluie complice et cet édredon rouge ; nous rions de tant nous désirer, comme dans dix jours, nous pleurerons de n'avoir rien épuisé de ce désir et que tout se ligue pour nous séparer.

Mais chaque amour a son éternité et nous n'en sommes qu'au premier jour de la nôtre.

Il fait clair jusqu'à vingt-trois heures dans cet extrême ouest de l'Europe. J'ai encore le temps de boëtter le casier avec un poisson pêché ce matin parmi les crevettes et de le gréer au moyen de bouts de ficelle et de fil de fer trouvé sur la cale.

— Tu deviens irlandaise, remarque Brian.

— Forcément, dis-je, avec tout ce Paddy que tu m'as fait boire !

En quelques coups d'aviron nous allons poser
le casier dans la baie, au pied d'un rocher à pic
et à l'entrée d'une grotte où j'aurais aimé élire
domicile, me semble-t-il, si j'étais homard.

En rentrant au village où la nature a repris
peu à peu tous ses droits, nous avons cueilli une
immense brassée de graminées et de fleurs sauvages aux noms d'autrefois, chélidoines, orchis,
fétuques, eupatoires violettes, coquelicots et
digitales pourpres, pour l'offrir à la maison de
Brian à qui personne n'a rien donné depuis
trente ans.

Nous l'installons dans une lessiveuse en zinc
posée à même le sol et le old cottage se met à
ressembler soudain à une vraie maison.

Reste à cuisiner les pétoncles à la lueur de la
lampe à pétrole pendant que Brian met à sécher
devant les deux cheminées nos vêtements de
pêche, qui dégagent bientôt une épaisse vapeur,
mêlée à l'odeur âcre et douce de la tourbe.
Dehors la nuit tombe et l'on distingue les
quelques arbres qui survivent parmi les ruines,
tordus tous dans le même sens par les vents
dominants, et qui ressemblent à des vieillards
échevelés qui ne veulent pas mourir. Par les
fenêtres striées de pluie et de toiles d'araignées,
je distingue entre les ruines des ombres qui se
hâtent. Ceux qui ont vécu ici tentent de savoir

qui est revenu hanter ces lieux. Des lueurs apparaissent dans chaque maison, des chandelles ont été allumées. Est-ce que notre porte est bien fermée ? Des rafales la secouent et la pluie s'infiltre et dégouline entre les planches disjointes, tandis que le volet de l'appentis claque sinistrement. Ce n'est que le vent bien sûr.

— Dis-moi que je rêve, Brian…

De l'autre côté de la vitre, tout proches, viennent d'apparaître deux yeux dorés qui nous regardent. Deux yeux jaunes sans expression et sans visage autour et qui nous contemplent sans ciller.

— C'est un renard. Ne t'en fais pas, ils n'attaquent jamais.

— Dis-lui de partir, toi qui sais apprivoiser les âmes mortes. Ce regard me met mal à l'aise.

Brian se penche à la fenêtre et les yeux jaunes disparaissent. Ou s'éteignent.

— Ma petite cartésienne victime des maléfices irlandais, j'aime ça…

Je serre son corps si dense dans mes bras et je passe ma main sous sa chemise pour être sûre qu'il est vivant. Comme les roux, il a la peau très blanche aux endroits secrets et très douce.

— Qu'est-ce que tu veux faire un soir comme celui-ci sinon douze enfants, comme tes ancêtres ?

— Demain soir, on ira au Blind Fiddler, tu verras, les gens vont beaucoup au pub par ici. Ça ne ressemble à rien de ce que tu connais. Y a un musicien formidable cette semaine justement, une sorte de vieux barde errant… J'ai vu les affiches en passant à Kenmare. Il s'appelle Pecker Dunne. Il est très connu par ici.

Entre les rafales de pluie et le fracas des vagues toutes proches, un nouveau bruit d'eau nous alerte : il pleut dans la chambre par une fente de la toile goudronnée qui s'est mise à battre sur le toit. Brian ne s'émeut pas pour si peu et dispose une vieille casserole pour recueillir les gouttes. Mais elle est percée bien sûr et un filet d'eau ruisselle sur la terre battue.

— Ne t'inquiète pas, elle n'ira pas loin. La terre battue, ça boit l'humidité. C'est l'avantage sur le carrelage.

Il parle si sérieusement que je n'ai pas le cœur de ricaner. Et il s'approche de moi si sérieusement que j'oublie pourquoi je ricanerais. Cet homme fait l'amour comme il dirait la messe et je m'agenouille. Il pleut et il vente pour l'éternité, dirait-on. Et il n'y a pas d'autre réalité que ce village de fantômes et cet homme qui me prend dans ses bras, dans ses jambes, et m'engloutit.

Au matin, le ciel est d'un bleu innocent

comme si rien ne s'était passé et nous partons relever le casier dont je distingue la bouée jaune et crevée qui flotte vaillamment. Chacun à un aviron, nous longeons la face sud de la baie où les huîtriers-pies aux becs rouges s'envolent à notre approche. Un couple de hérons nous regarde avec stupeur : ils n'ont pas vu de ces drôles de mammifères à deux pattes de mémoire de héron ! Je n'ai même pas emporté mon haveneau par peur de la tentation. Il nous reste un kilo de bouquets pêchés hier et suspendus, selon l'usage des paysans avant l'ère du frigo, dans un sac, sous le toit de l'appentis pour échapper aux animaux.

Je saute à l'avant pour saisir l'orin du casier que j'ai lesté d'une lourde pierre car je ne connais pas la force des courants ici. Brian non plus bien sûr, qui appelle chaque formation nuageuse par son prénom mais ignore celui des récifs qui donnent à cette côte, même par beau temps, un aspect infernal. Je hisse le casier à bord… deux homards stupéfaits émergent au soleil : un gros d'un bon kilo et un petit « homard-portion », comme on dit sans ménagement. J'y croyais si peu que je n'ai pas de panier où les mettre et qu'il faut les ramener à terre dans leur casier avec une pensée pour les milliers d'Irlandais qui auraient pu survivre ici en mangeant du homard tous les jours !

Nous n'avons aucun récipient pour les cuire et les entreposons à l'ombre sous des couches de goémons. Nous achèterons une poissonnière au bourg tout à l'heure. Au train où va la pêche, il nous faut impérativement quelques ustensiles, ciseaux pointus pour ouvrir les oursins, casse-noix pour les pinces de crustacés, piques pour les bigorneaux. Je n'ai trouvé ici qu'un ouvre-boîte pour les ignobles beans à la tomate qu'affectionne Brian et un décapsuleur pour la Guinness. Une maison d'homme et, qui pis est, d'homme irlandais, habitué au dénuement.

La voiture, une vieille Ford, n'est qu'une guimbarde prête à rendre l'âme mais elle convient au paysage : ce sont les moutons qui sont chez eux ici et les rares véhicules à moteur attendent où ils peuvent, bousculés par le passage des troupeaux qui ne leur accordent pas un regard et ne hâtent jamais le pas.

Nous traversons un paysage de landes, recouvertes d'une toison de bruyères et d'ajoncs nains, rose, jaune et violette, qui tapisse le sol comme une grande couverture de mohair tricolore semblable à celles qu'on trouve ici dans tous les «craft-shops[1]». De chaque côté de la route les tourbières s'alignent, pareilles à des

---

1. Boutiques d'artisanat local.

tranches de pudding noirâtre que des paysans de même couleur découpent à la bêche et font sécher sous la pluie sur les bas-côtés. Ici, on ne tient aucun compte des intempéries.

Nous croisons de petites carrioles à deux roues traînées par des ânes minuscules, qui récoltent le lait dans chaque ferme, quelques cyclotouristes courageux sous leurs pèlerines de nylon et puis ces silhouettes efflanquées typiques de l'Irlande, grands vieux paysans coiffés de casquettes à rabats, ignorant superbement l'imperméable ou le ciré, vêtus de complets de tweed décolorés par l'usage et la négligence irlandaise, cheminant loin de tout village sur des routes toujours luisantes de pluie et qui ne mènent nulle part, de toute évidence, ou bien assis sur un talus de pierres pour attendre Godot, ou un autre, le temps qu'il faudra.

Kenmare, à une heure de route est un « gros bourg paysan réputé pour sa foire aux bestiaux », dit mon guide. Effectivement la boue et les bouses tapissent la place et la Main Street où piétinent de petites vaches combatives, des bœufs égrillards et des chèvres malfaisantes...

Ici les animaux aussi sont celtes et ont des comportements aberrants.

De rares touristes se faufilent entre les cages

à poules et les bottes de paille pour accéder aux craft-shops qui présentent, entassés sans art dans les vitrines, les mêmes articles approximatifs : moutons en peluche aux toisons mitées, chandails blancs des îles d'Aran raides comme l'injustice, porte-clés ornés de harpes celtiques ou de shamrocks[1], et verres gradués pour café irlandais. Sur la place, un monument aux morts, toujours fleuri, me dit Brian, car ici les Irlandais considèrent que la guerre d'indépendance n'est pas terminée. On continue à mourir tous les jours là-bas au nord, à Belfast, à Londonderry, dans cet Ulster qui fait encore partie du Royaume-Uni. A Dublin, on feint de l'oublier mais dans le Gaeltacht[2], les gens n'ont pas signé la paix. Je te montrerai demain à Caherciveen leur célèbre monument aux morts : un menhir surmonté d'une croix celtique portant une liste de noms qui reste en suspens. Et une date : 1917, commencement de la guerre civile, suivie d'un espace vide. Tant que l'île tout entière ne sera pas indépendante, la date restera en blanc... J'ai un cousin dans l'IRA d'ailleurs... comme tout le monde.

— J'ai l'impression que vous êtes en guerre

---

1. Le trèfle, emblématique de l'Irlande.
2. Pays des Gaëls où la langue officielle est le gaëlique.

dans cette île depuis des siècles. « Mon Dieu, des Celtes assassinés, ayez pitié… » Tu connais le poète breton Xavier Grall, on avait pris un verre avec lui à Pont-Aven, tu te souviens ?

— Et en plus il s'appelle Grall, quel nom pour un Celte ! Ce serait une belle épitaphe sur ce monument… à des morts encore en vie parfois et qui ne savent pas qu'ils vont figurer là, un jour.

— « Déjà la pierre pense où votre nom s'inscrit », c'est exactement le poème d'Aragon. C'est un peu comme la Résistance pendant l'Occupation.

— Oui, mais nous, ça dure depuis cinquante ans, tu te rends compte ? Rien ne se passe normalement par ici, tu vois, ni la paix, ni la guerre.

— Ni l'amour, ajoute Marion sans trop savoir pourquoi, mais c'est une évidence.

En attendant l'heure du spectacle, nous allons dîner dans « le meilleur restaurant de Kenmare » selon mon guide. Il est infect, comme d'habitude. L'escalope de veau est du buffle ou du mammouth mal décongelé, les huîtres farcies sont racornies, seul le saumon sauvage est délicieux. Et, comme entrée, ils ont le cynisme de proposer un cocktail glacé de « shrimps » britanniques, noyées dans du ketchup américain. Personne ne semble se douter que tout au long de la côte Ouest grouillent ces mêmes crustacés qui ne demandent qu'à se faire prendre et qui, à Paris, valent cinq cents francs le kilo. Je le dis à la patronne et lui indique le prix des oursins dans nos grands restaurants, à la Coupole, au Dôme. Elle ouvre des yeux horrifiés et me prend pour une malade. Nous mangeons des grenouilles et des escargots, comment peut-on nous faire confiance?

A dix heures, nous rejoignons le Blind Fiddler. Pecker Dunne ne se produira qu'à onze heures. Mais le pub est déjà plein de familles irlandaises typiques : enfants de tous âges, une ou deux religieuses en tenue traditionnelle, deux ou trois femmes enceintes avec leur récent nourrisson encore dans les bras, des grand-mères, des infirmes en fauteuil roulant, des filles ravissantes et des affreuses; les hommes sont au bar et sirotent des Guinness en fumant la pipe tandis que le feu de tourbe, compagnon fidèle, brûle en silence. Sur une estrade, une jeune fille chante en s'accompagnant à l'accordéon les chansons célèbres qui disent le malheur irlandais, la cruauté, anglaise, la guerre, la mort ou l'exil des jeunes gens. Des villageois en godillots boueux, casquette de tweed sur la tête, se lèvent pour maudire en chansons Margaret Thatcher et exalter les exploits des héros de l'Irlande, le roi Brian Boru, David O'Connell, et pour s'attendrir sur Molly Malone.

Dans un coin de la piste, quatre petites filles délicieuses dansent à l'irlandaise, les bras immobiles le long du corps, n'agitant en cadence que leurs jambes maigrelettes.

Nous n'avons pas encore commandé nos irish coffees que la serveuse en dépose deux à notre table « de la part des quatre messieurs là-bas, dit-elle. C'est en souvenir du général de Gaulle qui est venu par ici en 70. Ils ont entendu que vous étiez française et vous souhaitent la bienvenue ainsi qu'à monsieur. »

Je les salue à travers la fumée à l'autre bout du pub où tout le monde s'est mis à danser maintenant. Je ne sais pas si Brian aime danser mais nous nous levons, entraînés par l'accordéon auquel se sont jointes une guitare et une cornemuse. Tout le monde est sur la piste sans distinction d'âge, d'élégance, de beauté. On danse de quinze à soixante-quinze ans, le swing, la bourrée si on ne sait rien d'autre, le rock et surtout le n'importe quoi. Une petite môme rigolote, boudinée dans son jean, ses grosses joues couvertes de taches de rousseur, apprend le rap à un lourdaud, touchant d'application. Pour mieux lui montrer, elle retire ses chaussures soudain et des ailes lui poussent aux pieds, aux bras, elle est saisie par la grâce.

Brian, lui, danse comme un ours, mais j'aime les ours. Il me tient serrée contre lui, et je ne demande rien d'autre, tout en regardant avec envie les ailes de la petite môme. Elle me fait un signe amical et me tend la main… Sans réfléchir, je retire mes sandales moi aussi et voilà que des ailes me poussent aux pieds, aux mains, je me mets à voltiger à mon tour, je quitte l'abri des bras de Brian, je danse toute seule pour la joie de danser et me sens libre, pour la première fois de ma vie… Je ris de plaisir, j'ai envie de crier « Ça y est, Maman, regarde, j'ai la grâce. C'est arrivé, Maman : regarde ! C'est le miracle de Lourdes, je ne suis plus paralysée… » C'est comme si je me trouvais délivrée d'un sortilège, du regret lancinant de n'avoir jamais osé. Jamais su ? Jamais pu ? Jamais compris ce qui me bloquait depuis mon adolescence. Une timidité maladive ? La honte d'avoir un corps de femme ? Le refus de la séduction, inculqué dans les Ecoles chrétiennes où j'avais fait toutes mes études et tant aimées, trop aimées justement ? Oui, tout cela. Mais pourquoi ces notions que je rejetais et condamnais depuis longtemps restaient-elles imprimées dans mes comportements ?

L'explosion de Mai 68 aurait pu me sauver. Elle est arrivée trop tard pour moi, j'avais déjà vingt-sept ans. Le ciment avait pris. Pourtant je fais du sport, je skie, je nage sans complexe, pourquoi suis-je incapable de danser? Au point qu'Alice, redoutable perfectionniste, m'a fait donner des leçons. J'ai appris chez «Georges et Rosie», rue de Varenne, la valse, la rumba, le swing, pendant des semaines, sans faire le moindre progrès. Je savais ce qu'il fallait faire mais l'influx se perdait en route et j'étais incapable de transmettre un ordre à mes jambes. Je n'ai aimé que le slow et le tango parce qu'on y reste moulée à son partenaire. Si on me lâche, je me fige dans la position où on m'a laissée… Et tout à coup, ce soir, dans ce vieux pub pourri, mon corps s'est électrifié, le courant est passé. «Regarde, Maman, je danse. Maman, j'ai la grâce!» Et personne ici pour me dire: «Mais qu'est-ce qui t'arrive, Marion? Tu es saoule ou quoi?»

Est-ce l'amour dingue et inconditionnel de Brian? L'irish coffee? Le public mélangé qui m'entoure, à dominante paysanne, au lieu de cette omniprésence de jeunes mecs arrogants et de filles sexy et sûres d'elles que l'on voit dans les boîtes parisiennes? Ou du moins c'est ainsi que je les voyais, pauvre imbécile! Et tu as eu si longtemps peur des garçons, pauvre pauvre imbécile! Je les voyais dans les années soixante, comme les maîtres de mon destin. Quelle que fût ma valeur personnelle, c'étaient eux qui allaient fixer mon statut, notre statut à toutes.

Je voyais une à une mes amies du Cours Sainte-Clotilde devenir les épouses d'officiers de marine de Toulon, d'ingénieurs à Saint-Quentin, d'attachés culturels à Düsseldorf ou à Vladivostok, de comédiens sans emploi, de sous-préfets à Yssingeaux ou – pire encore à mes yeux – épouses du Christ au fond d'un couvent. Il n'y avait pas de crise des vocations en soixante, ni pour le mariage ni pour le sacerdoce. J'avais même vu Hélène, la toute jeune sœur d'Alice, pleine de dons artistiques et d'ambition, se laisser épouser par Victor, un maître à penser et à vivre, de douze ans son aîné, médecin des Hôpitaux, qui l'avait coulée dans le bronze de la parfaite épouse et personne n'avait jamais revu l'elfe et la poète qu'elle avait été.

Dans ma génération, une des dernières en France à se montrer aussi docile, l'avenir pour une jeune fille se résumait à un campement provisoire et chacune se préparait à perdre jusqu'à son nom et parfois sa patrie.

Je m'aperçois maintenant que si j'ai aimé Maurice, c'est à cause de l'intense respect qu'il avait pour la liberté. La sienne d'abord, bien sûr. Mais, quoi qu'il lui en coûtât, celle de l'autre également. Et pourtant, il n'a pas réussi à me délivrer de ma peur, cette peur inguérissable qu'ont éprouvée tant de filles et qui semblait un caractère spécifique. Maintenant que nous pouvons devenir parfois, dans certains pays et dans certaines circonstances, des Hommes comme les autres, ce caractère qu'on croyait inné apparaît pour ce qu'il est : un conditionnement imposé.

La circonstance pour moi, ce fut sans doute l'amour de Brian. Et la rencontre de ce pays d'Irlande où le miracle est l'ordinaire. Et voilà pourquoi, ce soir, ta fille s'est mise à danser, Alice, comme elle savait le faire depuis toujours. Ce n'était pas la peine d'aller chez Georges et Rosie... Car tout est dans la tête finalement, même les pieds !

A 23 heures 30, enfin, Pecker Dunne est arrivé. Eméché, sale, hirsute, déguenillé, vieux, mais chantant comme un clochard inspiré, comme Vissotski, comme Philippe Léotard, d'une voix brisée d'alcool et qui vous brisait le cœur. Vieux faune aux boucles grises, jouant de tous les instruments, cornemuse, harpe ou banjo, lisant des poèmes, proférant des discours

99

incendiaires, il a tenu l'assistance deux heures sous le charme de sa laideur magnifique.

— Nous autres, Irlandais du Gaeltacht, a-t-il prévenu en commençant, nous n'avons jamais rien su faire, d'accord ! Mais nous sommes les plus beaux parleurs qui aient jamais existé depuis les Grecs. C'est Oscar Wilde qui disait ça.

Au quatrième irish coffee, je chantais l'héroïsme de l'IRA et la haine de l'Anglais, et Bobby Sands, mort en grève de la faim dans les prisons de Belfast, et Bernadette Devlin et la cruelle Margaret et la perfide Albion.

Brian nous a ramenés à Blackwater, faisant bondir sa guimbarde comme une Jaguar, par ces petites routes en lacets toujours désertes puisque personne n'habite aucun de ces villages côtiers depuis plus d'un siècle et que les morts peuvent peut-être allumer des chandelles dans leurs maisons mais ne conduisent pas de voitures.

Tout a une fin, même l'éternité. Les jours défilent, les homards se bousculent dans le casier, sans mentionner les étrilles et tourteaux ou un turbot cueilli sur un banc de sable de même couleur en poussant la vieille bichette, réparée à l'irlandaise. Sans parler de deux tempêtes entrelardées de soleil, et des fous de Bassan venus des îles Skellig portés par les rafales et qui ont plongé dans la baie comme... des fous, nous offrant le plus beau spectacle de cirque du monde pour nous tout seuls. Si l'Irlande ne ressemble à rien ni à personne, c'est, selon Brian, parce qu'elle n'a jamais été «souillée» par l'invasion romaine. Mais rien d'autre ne lui a été épargné au cours des dix derniers siècles. Alors que devenir ici, sinon alcoolique, poète ou fou?

— Mais les trois à la fois, répond Brian. Tu vois! Nous vivons ici d'amour fou, de poésie et d'alcool, qui réchauffe mieux que la tourbe «dont le pouvoir calorique est faible», comme dit ton fameux *Guide Bleu*!

— Mais qu'est-ce que vous faisiez le soir à Blackwater, sans journaux, sans télé, sans amis, sans téléphone, sans électricité? me demandera Alice à mon retour.

— On était ensemble, Maman, c'est tout. Ça occupait tout l'espace.

— Mais on ne peut pas faire l'amour sans arrêt!

— D'abord si, on peut. En faisant tout le reste, on faisait encore l'amour.

Je n'ose pas lui demander si elle a connu... L'intimité mère-fille ne doit pas être celle des copines. Elle est heureuse de ce que je lui confie mais n'en demande jamais plus. Et je jurerais

101

qu'elle n'a pas connu de Brian. Il en traîne très peu sur la terre, des Brian. Et je jurerais qu'Adrien n'a jamais pris soin d'un clitoris. Ça me rassure de le croire. La vie sexuelle de nos parents est opaque et mystérieuse et doit le rester pour qu'ils puissent occuper toute la place, irremplaçable, de père et mère.

Pour la première fois, la veille du départ, je me suis regardée ailleurs que dans les yeux de Brian. D'ailleurs, le petit miroir accroché au-dessus de l'évier était cassé. Comme tout le reste ici. Mais il a suffi à me montrer qu'on se dégrade vite dans ce pays. Arrivée sous forme d'une Parisienne élégante il y a huit jours, je suis méconnaissable. Hirsute, jamais tout à fait dessalée, les mains éraflées, et croûteuses, traînant en permanence dans mes vêtements un parfum de crustacé et une odeur de coulis d'étrilles jusque dans mes cheveux. Je n'ai pas emporté de shampooing ni de rouleaux puisqu'il était impossible d'utiliser un séchoir. Nous décidons donc d'aller chez le coiffeur, c'est-à-dire chez l'unique coiffeuse à vingt kilomètres à la ronde. Le « Beauty Saloon » n'est qu'une cuisine équipée de bacs, de séchoirs et de chaises de jardin, tenue par trois jeunes personnes qui fredonnent en permanence des airs de rock venus d'une radio laissée plein pot. L'une d'elles s'empare de

102

moi et observe ma tignasse d'un air désappro-
bateur. L'autre asperge Brian jusqu'à la taille en
évoquant, la pomme d'arrosage à la main, une
aventure amoureuse qui semble passionner sa
collègue. La troisième ne tient aucun compte de
mes instructions et me concocte un brushing
hirsute exactement semblable au sien ! Je l'im-
plore : « Pas de crêpage, please ! » tandis qu'elle
promène un râteau rebrousse-cheveux sur tout
mon crâne. Et avant même d'avoir pu articu-
ler « no fixateur », je reçois une giclée de laque
puante dans les yeux et sur chacun des plumets
qui hérissent le dessus de ma tête. Il est trop tard
pour protester. Seul un autre shampooing me
délivrerait.

Tandis que je règle – quelques livres à
peine – elle me regarde avec satisfaction :
« *Much nicer* » estime-t-elle.

— *Yes indeed*, répond Brian qui refrène à
grand-peine son hilarité.

A Caherciveen, la grande ville, nous achetons
le journal local pour voir où passe Pecker
Dunne ce soir, que j'aimerais écouter encore
une fois, pour vérifier si je suis miraculée pour
de bon. Mais il se produit pendant tout le
week-end à la célèbre Puck Fair de Tralee, la
fête du Bouc, trop loin pour nous malheureusement.

103

Nous rentrons chez nous à Blackwater, sans parler, comme un vieux couple. Tout a été dit, on se comprend sans phrases. Pour la dernière fois je vais ressentir ce frisson mortel qui m'étreint chaque soir en pénétrant dans le village, qui ressemble à une scène de théâtre que les acteurs ont dû abandonner en catastrophe. On sait qu'il n'a pu se produire qu'une tragédie ici, dont les échos traînent encore dans le décor dévasté.

Pour le dernier soir, avec les dernières palourdes qui n'ont pas appris à se méfier des humains, pauvres innocentes, et qu'on débusque dans le sable à toutes marées, je prépare une soupe qui eût mérité trois étoiles, puis nous descendons dire adieu à la Baie. Un soleil couchant du feu de Dieu éclaire en transparence des vagues énormes, accourues tout droit de Terre-Neuve sans rencontrer d'obstacle et qui se brisent avec fureur sur la barrière rocheuse qui protège encore Blackwater. Avec le temps, elles en ont creusé les parties tendres, pour ne laisser subsister que les crêtes les plus acérées, sortes de mâchoires de requin toujours écumantes de rage et qui découragent toute approche.

Le casier est rentré dans l'appentis, le canot remonté sur le haut de la cale et j'ai laissé mon haveneau et mes lourdes bottes cuissardes dans la cuisine, comme une promesse de retour.

Je sais que jamais Peggy ne viendra à Blackwater Pier dont le seul nom lui serre le cœur, craignant surtout que son mari n'entreprenne de restaurer une maison qui «respire la mort d'une partie de l'Irlande», selon ses propres termes.

Tu ne peux pas savoir que toi non plus, petite Marion, tu ne reviendras pas à Blackwater. Heureusement que vous ne savez jamais ces choses-là, vous autres. Encore une raison pour moi de vous envier : Connaître l'avenir tue l'avenir.

— *Let's not talk of love and chains or lives we can't unite*, te murmure Brian qui ne peut plus te faire l'amour ni te le dire ce soir. Oui, ne parlez plus de tout ce qui s'apprête à vous séparer, à quoi bon ? Sous l'édredon rouge restez éveillés, bouche à bouche et corps à corps en attendant que passe la terrible nuit.

— En gaélique, je vais te le dire : « *Ta mo chroi istigh ionat*, Marion. » Ça veut dire « *My heart is within you* » : Mon cœur est en toi. C'est encore plus que je t'aime.

L'aube arrive enfin et c'est presque un soulagement d'avoir à rejoindre le ferry. La maison que ferme Brian d'un pauvre cadenas rouillé retrouve immédiatement sa gueule de ruine et le silence de la mort retombe sur le village. Le faisan passe sur le sentier comme s'il était chez lui, suivi de sa faisane. Personne n'allumera de chandelle dans le village la nuit prochaine. Pour effrayer qui ?

Quatre heures plus tard, penchée sur le bastingage du *Quiberon*, à mesure que s'estompe la côte presque riante de l'Irlande du Sud, Marion se sent devenir un peu plus orpheline à chaque vague. Il n'y a pas de mot en français pour dire le malheur de perdre un enfant. Elle regarde disparaître dans le sillage du bateau l'enfant, la jeune fille, la femme que l'amour de Brian a fait naître en elle. Et elle s'avise avec stupeur qu'elle n'a pas pensé à la France depuis dix jours, ni au texte qu'elle avait promis d'écrire pour *Historia*, ni à son appartement parisien, ni à Maurice et Amélie… Elle a vécu entre parenthèses et l'existence qu'elle va retrouver demain lui paraît irréelle.

Sois tranquille, Marion : en posant le pied à Roscoff demain à l'aube, c'est toute la part irlandaise de ta vie qui va entrer dans la brume et que tu regarderas comme une de ces photos sépia du passé qui font pleurer mais dont on sait qu'elles appartiennent à un autre monde.

J'en parle à mon aise, c'est vrai, puisqu'en

tant que Moire, j'ignore tout du réel. Je n'ai jamais éprouvé le poids d'un homme, d'un enfant, d'un je t'aime. Je n'en sais que ce que les poètes ont écrit. Ils m'ont tout appris du peu que je comprends. C'est grâce à eux, à quelques hommes et à des femmes surtout, que parfois, loin des villes et des foules, dans le sillage que laissent le bonheur ou le désespoir, dans certains lieux peuplés d'océan, en regardant se faire l'amour quand il n'est qu'amour, il me semble sentir, ou plutôt pressentir, à travers le vide sidéral, ce que veut dire VIVRE.

V

Retour dans l'atmosphère

Comme pour les fusées, le plus délicat, c'est le retour dans l'atmosphère. Retrouver les lois de la pesanteur, me remettre à parler français, éviter les sujets scabreux, ne pas lâcher par inadvertance un « *My love* » et, la nuit, attendre d'avoir reconnu le profil de l'homme qui dort à mes côtés avant de dire un mot ou de faire un geste. Je ne touche pas Maurice comme je touchais Brian. Il serait tout de suite alerté. Il s'agit en somme de redevenir l'épouse de Maurice Le Becque et d'enfermer au secret la folle du logis irlandais.

Maurice est rentré depuis deux jours d'Australie, bruni, reposé, séduisant. Dans l'appartement encore désert, il a eu le temps de se draper dans la toge de son bon droit et d'afficher l'indulgence distante de celui qui renonce à instruire le procès de la coupable. Je n'instruis

109

jamais le sien non plus : nous évitons le face-
à-face, jusqu'à ce que les motifs de nos jalou-
sies, rancœurs ou humiliations s'estompent
derrière les motifs que nous avons de vivre
ensemble. Les premiers jours sont très durs. J'ai
l'impression que Maurice est un boa en train
d'avaler une bête beaucoup trop grosse pour lui
et que je vois progresser le long de son tube
digestif qu'elle distend visiblement et sans doute
péniblement. C'est long, un boa !

Quelle attitude adopter pendant qu'il digère ?
Je n'ai pas encore trouvé le mode d'emploi du
sentiment de culpabilité. Il faut bien qu'il
souffre, c'est inévitable et comme j'en suis la
cause, il faut bien que je paie. Alors, ne sachant
comment me conduire, j'en suis réduite à la
plus banale des solutions : faire du zèle.

La plupart des femmes, en effet, ont une
fâcheuse propension à traduire leurs sentiments,
qu'il s'agisse d'amour ou de chagrin, en travaux
ménagers. Elles font des heures supplémentaires
dans toutes les configurations. Il est vrai que je
me sens beaucoup plus fautive d'avoir fugué dix
jours avec Brian que Maurice, d'avoir passé deux
fois plus de temps peut-être, mais plus habile-
ment réparti, il est vrai, avec des personnes qui
sont sans doute, en plus, mes meilleures amies.
Nous aimons les mêmes gens, c'est normal et

c'est même souhaitable. Reste que mes infrac-
tions me semblent moins acceptables que celles
de Maurice. Et même si nous n'avons jamais osé
nous l'avouer, je suis sûre qu'il partage cette opinion archaïque ! Pourtant, dans les premières
années de notre vie commune, nous nous étions
engagés l'un et l'autre à former un couple
moderne, délivré des pesanteurs de la morale
bourgeoise, des préjugés et des diktats religieux,
débarrassé des chaînes et boulets qui avaient
paralysé, plombé et finalement détruit tant
d'amants des siècles passés et tant de nos
contemporains et amis.

Nous serions deux individus respectueux de
la liberté de l'autre et néanmoins épris l'un de
l'autre. Nous continuons vaillamment à y
croire, mais nous ne sommes pas parvenus à
faire table rase du passé ; pas complètement.
Des réflexes remontent du fond des âges, ou
bien d'hier tout simplement : nous émettons
des opinions… que nous ne partageons pas.
Nous prétendons mépriser la jalousie, qui en
secret nous ronge les sangs ; nous souffrons en
somme comme au temps de Racine, tout en
professant les théories de Sartre et Beauvoir. Un
effort méritoire et qui porte parfois des fruits.

Ainsi, quand j'ai repêché un slip de dentelle
noire qui m'était inconnu en faisant notre lit un

matin, la deuxième année de notre mariage, je me suis retenue de crier «oh, le salaud!», me souvenant que j'avais épousé Maurice pour sa légèreté et son idéal de liberté et que je ne pouvais ni ne voulais le transformer en époux rigide et vertueux. Mon premier mari, Guillaume, m'avait beaucoup inquiétée dix ans plus tôt en professant que la fidélité conjugale était le fondement de tout mariage. Non que j'aie eu pour principe de le tromper, mais je ne voulais pas lui rester fidèle par décret.

On m'a fourni d'ailleurs un alibi pour ce slip de dentelle noire : notre jeune fille au pair danoise aurait cédé, paraît-il, aux charmes du livreur de chez Félix Potin, ce qui m'avait épargné d'accueillir ce soir-là Maurice dans le rôle mélodramatique de l'épouse outragée. J'avais pourtant envisagé non sans jubilation d'accrocher à la porte palière le bout de dentelle noire, dans l'espoir de voir Maurice, pour une fois, confondu! Mais à tout prendre, j'aime encore mieux jouer Racine que Feydeau! Et nous avons conclu d'ailleurs sur Giraudoux grâce à notre Ondine scandinave… à moins que ce montage n'ait été dû à l'art de Maurice de se tirer toujours sans dommage des plus mauvais pas.

Alice et Adrien, qui ont plus ou moins pris pension chez nous pour «s'occuper d'Amélie» en notre absence, sont restés quelques jours de plus pour s'occuper de nous maintenant. Maman est au courant pour Brian et sait que sa présence facilite notre convalescence. Mais elle aussi a besoin de nous car elle est en train de vivre un drame : le rédacteur en chef de *Nous, les Femmes* vient de décider de se passer de ses services « souhaitant désormais faire assurer le courrier des lectrices par une journaliste plus en phase avec les jeunes ».

— Délit de vieille gueule, en somme, estime Alice. J'ai le tort d'être restée une pasionaria et de n'être plus une nana. Double faute !

Entrée au journal dans les années soixante, au moment où il s'affichait en tête de la lutte pour les Droits des Femmes, quinze ans plus tard elle n'était considérée que comme une soixante-huitarde attardée, d'autant qu'elle ne transigeait sur rien. Un peu partout les anciennes combattantes disparaissaient de la scène et les jeunes oubliaient jusqu'à leurs noms, persuadées que les femmes avaient toujours joui de toutes les libertés puisqu'elles les avaient, elles, trouvées dans leur berceau sans avoir eu à lever le petit doigt. Après une brève lune de miel dans la foulée de Mai 68, toute MLF un peu récalcitrante tomba en disgrâce dans les médias et bientôt dans l'opinion, la féministe devenant par définition laide, ennuyeuse, mal baisée, ennemie du plaisir et de la vraie femme, stérile si possible, et vraisemblablement homosexuelle, c'était la cerise sur le gâteau.

Dans la presse féminine désormais, la revendication n'avait plus sa place et le féminisme passait pour une névrose, résidu des années soixante-dix. N'osant licencier une des dernières «féministes historiques», comme on disait, la direction l'avait chargée d'un éditorial mensuel en remplacement de la chronique hebdomadaire qui lui avait valu sa renommée; mais Alice avait décidé de finir sur un esclandre en choisissant un thème qui eût trouvé sa place il y a quinze ans, mais qui n'était plus du tout de mise à l'heure où les top-modèles incarnaient de nouveau la figure idéale de la femme. Elle proposa un article provocateur sur les talons aiguilles, qui opéraient depuis peu un retour triomphal, notamment dans les pages de mode des magazines féminins, qui ne pouvaient se permettre de plaisanter avec les recettes publicitaires.

Je les avais bien crus liquidés, moi aussi, les talons aiguilles, en vogue dix ans plus tôt et condamnés par le corps médical. J'oubliais un peu vite que les fantasmes masculins, eux, n'étaient qu'assoupis. Dans cet article incendiaire, qui lui fut d'ailleurs refusé, Alice affirmait que dans l'inconscient masculin le talon aiguille représentait l'équivalent occidental des pieds des Chinoises, transformés en petons attendrissants par le port de brodequins de torture entre deux et sept ans, jusqu'à déformation osseuse irréversible. A chacun sa méthode, le but restant le même : interdire aux filles le bonheur de courir, l'intégrité de leur corps, la liberté en un mot.

— L'objectif n'est pas de marcher pour une femme, quelle vulgarité, mais de faire rêver, affirmait Alice d'un ton sans réplique. Et je considère que les artisans de ce type de chaussure sont des pervers sadiques.

Maurice lève les yeux au ciel. C'est un jeu entre eux, il adore sa belle-mère, née trop tôt dans un monde où elle n'a pu donner sa mesure. Adrien, lui, somnole vaguement, comme chaque fois que sa femme « fait cours », comme il dit. Il considère pour sa part l'éviction de sa moitié comme une excellente nouvelle. Victime résignée d'une overdose de féminisme, distillée tout au long de leurs cinquante années de vie commune, il pense naïvement que la retraite d'Alice va lui ramener une compagne attentive à tous les petits maux qu'il compte bien multiplier et diversifier, sans parler des maladies du grand âge entre lesquelles il va devoir choisir. A la retraite depuis des années, il a déjà opéré sa régression infantile et n'ose avouer que son rêve serait d'appeler sa femme « maman ».

Plusieurs de ses contemporains ont déjà eu la chance de bénéficier d'une seconde maman en retombant en enfance et dans cette dépendance qu'ils avaient tant appréciée autrefois. Adrien avait connu Alice toute petite, ils avaient chanté les mêmes comptines à l'école et il n'était jamais si heureux que quand il recherchait avec sa femme les paroles de

> *Pain panicaille, le roi des Papillons*
> *En se faisant la barbe s'est coupé*
> *   le menton...*

Ou celles de

> *Pomme de Reinette et Pomme d'Api*
> *Tapis, tapis rouge-eu !*
> *Pomme de Reinette et Pomme d'Api*
> *Tapis, tapis gris !*

Avec qui d'autre eût-il pu chanter Pomme de Reinette et Pomme d'Api ? Mais Alice était féroce avec lui, refusant de lui pardonner sa calvitie et sa bedaine et de régresser avec lui vers les rivages enchanteurs de leur enfance.

— Tu ne sais pas ce qu'elle m'a dit, ta mère, hier, dit-il à Marion, quand je me suis plaint qu'elle parte à Kerdruc avec sa sœur et les enfants ? Je lui disais : « Je vais m'ennuyer comme un rat mort, sans toi, ma chérie ! » « Tu n'as qu'à être un rat vivant ! », m'a-t-elle répondu.

— Ce n'est pas forcément un mauvais conseil, Adrien, dit Maurice.

— Merci, mon cher gendre, dit Alice. Je me bats sans cesse pour empêcher Adrien de tourner à la vieille baderne ! Ce que j'écris ne l'intéresse plus du tout. C'est pourquoi j'ai besoin d'en parler avec vous. Lui ferme les yeux dès que j'ouvre la bouche ! Et je voudrais comprendre pourquoi on me l'a refusé, cet article ! Je ne dis que des choses vraies. Maurice et Marion, soyez juges : D'abord, saviez-vous qu'à partir d'un talon de seize centimètres, le pied se retrouve vertical, dans le prolongement de la jambe ? Et que le polygone de sustentation se réduit alors aux coussinets des pauvres orteils, retroussés en catastrophe pour assurer un minimum de présence au sol… C'est monstrueux, non ? Eh bien, elles parviennent à faire joli, les femmes, malgré cette horreur anatomique !

— Moi je n'ai jamais pu en porter, dit Marion. J'ai les chevilles molles…

— Ma question c'est pourquoi les bonnes femmes acceptent les diktats de la mode ? Seraient-elles des connes ?

— Je ne te le fais pas dire, intervient Adrien.

— Mais vous ne savez pas le plus beau, je crois que c'est pour ça finalement que le journal a refusé mon article. Je démontrais que le talon aiguille a un avantage supplémentaire : mettre hors jeu les guenons vieillissantes ! La moindre gonarthrose ou coxarthrose ou même vulgaire foulure, condamne en effet à poser bêtement le pied à plat sur le sol. Résultat, pas de talons aiguilles pour les vieilles ! Ainsi les mâles ne risquent plus de confondre les bêtes sur le retour avec les jeunes nanas du troupeau ! Je concluais en disant que toute la stratégie des mecs, depuis le sale coup porté par les féministes à leur ego surdimensionné, c'était de remettre les bonnes femmes en position de précarité : essai réussi. La deuxième manœuvre consistait à cloisonner la vie des guenons en étapes, prétendues incontournables, à commencer par la ménopause que nos grands singes diplômés ont longtemps refusé de soigner. « Laissez faire la nature, chère madame, les hormones c'est dangereux », me déclarait mon

118

gynéco, il y a vingt ans, assis à sa table de travail, où j'apercevais un cendrier débordant, un paquet de Chesterfield, une pipe Dunhill et un coffret de cigares cubains offert par une cliente reconnaissante !

« Le tabac aussi c'est dangereux, cher docteur ! » lui ai-je fait remarquer avant de changer de médecin et de me débarrasser de mes bouffées de chaleur, grâce à un gynéco du Planning, que tu m'avais recommandé, Marion... Et vous vous rappelez le jour où une femelle, sur des millions, a réussi à transgresser l'âge fatidique et à mettre au monde un petit, grâce à l'aide d'un sorcier italien... Là, c'était de l'hystérie dans la presse. Cette mère était une criminelle ! Et j'ai été seule à la défendre...

— Non, maman, Elisabeth Badinter aussi a défendu le droit des femmes à procréer quand elles le choisissent, et... même après la ménopause quand elles y arrivent. De toute façon, ça ne va pas être la ruée...

— Un siècle plus tôt, dit Maurice, on l'aurait condamné au bûcher, ce Dr Antinori !

— Bon, mes chéris, parlons d'autre chose et pardon pour mes emportements. Vous venez d'assister à la dernière représentation publique donnée par Madame Alice Trajan, à qui son rédac-chef vient de dire : « Cou-couche panier, je ne veux plus t'entendre aboyer. »

Alice cligne plusieurs fois les yeux pour expédier vers ses narines quelques larmes qui menaçaient de déborder.

— Maman, quand vas-tu te décider à enterrer la hache de guerre ? Tu peux être fière de ce que tu as fait mais aujourd'hui laisse tomber. Ma génération profite de toutes vos batailles, même si on a l'air d'être en pleine régression. Quant aux magazines féminins, ils ont partie liée avec la mode et la beauté maintenant. Le féminisme, tout le monde s'en fout. C'est pourquoi je préfère enseigner et écrire des livres ; et figure-toi que le thème de mon prochain, ce sera justement la mort de la presse féministe. Enfin l'éclipse, disons. Ce sera le tome II de mon *Histoire de la Misogynie*.

Maurice feint l'épouvante… depuis le temps qu'il me conseille d'écrire plutôt un roman !

— Le prochain sera un roman, promis, Maurice. Mais il fallait que je rajoute quelque chose à mon premier tome, qui concernait la misogynie courante, normale, disons, celle des hommes, bien connue. Mon second tome s'appellera « l'Automisogynie », c'est-à-dire le sport pratiqué par les femmes contre elles-mêmes ! C'est un beau titre, hein ?

— Génial, dit Alice. Et tu pourrais résumer ça en une formule qu'on entend partout : « Je ne suis pas féministe, mais... » Même Françoise Giroud a eu cette lâcheté alors qu'elle était secrétaire d'Etat à la Condition féminine, un comble !

— Là, tu tiens un thème intéressant, dit Maurice, toujours honnête. Et qui n'a pas été trop exploré jusqu'ici, parce qu'il est tellement plus agréable de voir faire le sale boulot par les autres ! Le dénigrement des femmes, l'acceptation des images traditionnelles, l'exaltation de la vraie femme, c'est beaucoup plus dévastateur porté par une femme que par le macho de service !

— Ah ! nous aurions bien besoin de femmes comme toi dans nos rangs, mon Bicotin !

Nous voilà dans les eaux poissonneuses des joutes intellectuelles que nous aimons, loin des tourbillons mortels de l'amour et de la jalousie. Pourtant, je voudrais tellement raconter l'Irlande à Maurice. Il adorerait ce pays. Lui parler du bain du rouge-gorge un matin dans une écuelle laissée dehors, du homard que j'ai croché dans son trou pour la première fois de ma vie, des pubs, et du goût qui m'est venu pour l'irish coffee... mais je n'oserai plus jamais commander un irish coffee devant Maurice... Il a

121

jeté sur le carrelage de la cuisine le coffret de verres gradués que je lui avais rapporté d'Irlande. Cinq sur six ont explosé !

— C'est le cadeau qu'on rapporte au vieux tonton ? m'a-t-il lancé.

C'était la première fois que je lui voyais ce regard de haine et qu'il se laissait aller à un geste violent. J'ai senti là comment on peut devenir un jour, en une seconde, avec n'importe quel homme ou presque, une femme battue. Et comme notre liberté est fragile. Et douloureuse pour l'autre.

Bien sûr, je reste liée à Brian comme par un enchantement. Mais je n'oublie jamais que ma vie terrestre, c'est Maurice, c'est mon Amélie, c'est Alice, ma mère qu'il va falloir aider à vieillir, c'est Hélène, ma petite tante, et puis le livre que je vais écrire. Brian, c'est mon ailleurs, la part de ciel qui m'est tombée sur la tête et qui me permet peut-être de vivre l'autre, en équilibre entre l'irréel et le quotidien.

Reste un problème : quelle place peut-on laisser au ciel sans mettre en péril sa vie terrestre et sans non plus étouffer l'étincelle, celle qui ne s'allume jamais deux fois ? Ma vie se passera à chercher la réponse. Mais ce sont les questions qui sont le sel de la vie. Les réponses, il faut s'en garder : elles peuvent tuer.

VI

La sororité – Alice et Hélène

« Paris

Je m'habitue mal à ton absence, mon Hélène. La petite Minnie de mon enfance est partie en emportant un grand bout de mon passé et on cicatrise difficilement à mon âge.

Pour me consoler, je refais complètement notre chambre, malgré les réticences d'Adrien qui n'aime pas ce qui change. Mais vient un âge où il est impératif de vivre dans un cadre frais et jeune et surprenant si possible, sinon autant s'installer directement dans son urne.

Je ne t'ai pas écrit plus tôt car j'ai eu mon arrière-petit-fils à la maison pendant une semaine et ça a été très dur. Pour tous les deux, je crois. Adrien, lui, a pris la tangente. Il est parti chasser la grouse avec son cousin. La résolution des problèmes par la fuite ! C'est beau, c'est propre, c'est radical et c'est viril! Curieusement, ça ne semble jamais être à notre portée à nous… Cette fois, c'est ma petite Amélie qui m'a enrôlée : elle est partie se reposer à la montagne et elle en avait bien besoin. Marion avait un colloque à Dublin et ne pouvait dépanner sa fille. Or, je n'aime pas voir se dégrader ma descendance! Ces filles d'aujourd'hui, milieu plutôt aisé, métier qu'elles ont choisi, mari parmi les 25 % qui *participent* (à 25 % seulement, c'est vrai, mais je suis encore si émue, voire choquée, de voir un homme faire le repassage!), ces filles qui ont autour de trente ans, mènent des vies épuisantes. Que nous autres, ex-petites filles modèles, ex-jeunes filles rangées et épouses traditionnelles au moins au début, n'avons pas connues.

Ce sont des stakhanovistes : amour et amours, indépendance financière et morale, culture et amitié, un ou deux sports, un ou deux amants, un ou deux enfants… et tout cela sans les facilités dont nous, les bourgeoises d'avant 68, disposions. Et j'oubliais que nous disposions aussi des grand-mères d'antan, disponibles à la demande pour les jeudis, les week-ends, et les grandes vacances, des grand-mères qui savaient faire les œufs à la neige, le riz au lait et la mousse au chocolat au lieu de les acheter en barquettes. Des grand-mères qui sentaient modestement la violette et pas *Opium* de Saint Laurent... Des grand-mères *sui generis* qui ne portaient pas de short et ne partaient pas en Egypte pour Noël avec leurs «*copines*».

A revenus équivalents, nous avions l'une et l'autre une *petite bonne,* bretonne de préférence, dès la naissance de nos enfants. Et Marion a bénéficié d'une série de ravissantes jeunes filles au pair (et Maurice aussi, I presume).

La pauvre Amélie, elle, a dû inscrire son embryon en crèche dès le troisième mois de gestation et jongler avec les horaires de garderies, les grèves des écoles, les baby-sitters qui partent plus souvent qu'ils n'arrivent, sans oublier les exigences croissantes de nos petits messieurs-dames de cette fin de siècle.

J'ai en effet découvert avec mon arrière-petit-fils que c'était moi l'arriérée! Avec mes petites-filles, échelon II dans ma descendance, je ne me suis pas sentie larguée. J'étais une dame plus âgée, certes, mais je n'étais pas une exclue.

Avec mes enfants, échelon I, c'était le bonheur de voir enfin entrer dans leur quotidien toutes ces étincelantes libertés pour lesquelles nous nous étions battues depuis la Révolution française en gros, ou celle de 68 en ce qui me concerne. Chacune arrivant au forceps et dans un climat de hargne que nous avons oublié aujourd'hui, parce que nous sommes incurablement bonnes pâtes. As-tu seulement jamais lu sérieusement l'excellent livre de Marion, *L'Histoire de la Misogynie*, dont je sais très bien ce que Victor pense, ne te fatigue pas...

C'est beaucoup plus instructif que toutes les histoires du féminisme que si peu de femmes se donnent la peine de lire d'ailleurs. C'est tout l'envers de la médaille. Et nos filles, aujourd'hui, croient que la misogynie est démodée, pauvres innocentes! Comme les guerres de religion, sans doute? «*Plus jamais ça!*» Je n'ai jamais rien entendu de plus creux et de plus démobilisateur que cette formule, finalement. Pourquoi lutter puisque «ça» ne se reproduira plus jamais? Plus de génocides, plus de tournantes dans les caves de banlieue, plus de mouroir pour les vieux, plus de SDF qui crèvent dans les rues cossues des villes, plus de famine au Sahel sur fond de surplus incinérés en Europe, plus...

J'arrête, Hélène, je le jure. Mais tu es mon unique sœur, ma pauvre chérie, et je ne peux plus bassiner Adrien avec mes discours, il est d'accord mais il en a marre, comme tout le monde, du féminisme! Et la merveille avec une sœur, c'est qu'on ne redoute pas de la perdre!

126

Je t'ai à ma merci pour la vie et depuis la première seconde de la tienne, petite envahisseuse, qui es venue squatter mon domaine protégé de fille unique depuis neuf ans et qui comptait bien le rester ! Ça te crée des devoirs, que veux-tu…

Bon, retournons à Valentin, bientôt sept ans, que j'ai emmené au musée Rodin aujourd'hui. Mais je n'ai pas osé lui dire que j'y avais joué au cerceau à son âge, soixante-dix ans plus tôt ! Un cercle en bois, sans le moindre moteur et qu'on pousse avec un bâton ? Minable ! Là, j'étais définitivement coulée ! Je lui ai acheté un tank télécommandé. Il a déjà un portable et un appareil photo jetable. Qu'est-ce qu'il aura à douze ans ? Une fusée Ariane ?

A cinq heures, il avait séance de judo, qu'il ne voulait pas manquer. A six heures, *son* feuilleton télé. J'ai passé mon temps à courir. Tu te rappelles comme on s'ennuyait quand on était enfant ? Des heures entières ! Je n'en ai pas un mauvais souvenir. On apprenait à penser, je suppose, on rêvait à ces moments-là, on guettait les lézards. On relisait *Miquette et Polo* ou *Bécassine* ou *La Semaine de Suzette* où personne ne tuait jamais personne ! On n'oserait pas leur imposer ça de nos jours !

— Qu'est-ce qu'on fait aujourd'hui, Mamie ?

— Aujourd'hui, mon chéri, on s'ennuie. De quatre à six.

— Encore ? On s'est déjà ennuyés hier…

— C'est bon pour la santé et pour l'imagination. On devient idiot si on ne sait pas s'ennuyer !

Tu imagines le binz ? (J'adore ce mot dont je ne trouve pas l'étymologie. Toi qui as un dictionnaire d'argot, peux-tu m'éclairer ?)

Autrefois, tu te souviens, nous détestions notre grand-mère paternelle. C'était un bon sentiment, roboratif, nourrissant. Ça n'empêchait pas l'obéissance et une crainte révérentielle. Ah, que j'aimerais susciter cette révérence ! Nous étions écrasées par son imposante présence, et nous l'appelions GRAND-mère comme on dit le GRAND-duc. Pas de ces Mémé ou Mamie (pourquoi pas Moumou ?) aux sonorités crémeuses qui minent au départ notre autorité.

— Tu n'as pas de lecteur de DVD chez toi ? m'a demandé Valentin en inspectant mon salon avant de se saisir de la télécommande et de brancher le poste, très gros et très vieux, donc tout à fait méprisable, que j'ai chez moi.

As-tu remarqué que la télécommande est une rallonge du pénis ? Tout comme dans notre jeunesse les dames n'étaient jamais au volant des « automobiles », dans notre vieillesse elles ne sont pas aux commandes de la télévision. Le poste de radio n'était pas un instrument sexiste : il fallait se lever pour aller tourner les boutons. Tout le monde peut tourner un bouton ! En revanche, la télé nous échappe complètement ! Les programmes changent sous nos yeux ahuris sans préavis. Valentin s'est saisi du pouvoir parce qu'il lui revient de droit héréditaire, joignant à la toute-puissance enfantine caractéristique de cette fin de siècle la primauté indiscutable du mâle qu'il est déjà. Adrien aurait été là, le môme l'aurait consulté du regard, sans doute. Entre pénis, n'est-ce pas…

Il est vrai que je ne participe pas à l'entreprise collective d'adoration familiale qui est en train d'installer Valentin dans le rôle du tyran domestique. Il me jette parfois un regard surpris mais je crois qu'il a pris tout simplement le parti de ne plus m'aimer ! Je suis méchante et voilà tout ! Et figure-toi que je m'en fous. Ses parents, qui ont eu du mal à l'avoir (la PMA[1] a fait des miracles), et ses quatre grands-parents sont les victimes éblouies de ses chantages affectifs. Eux

---

1. PMA : Procréation médicalement assistée.

aussi, il les télécommande à sa guise et ils ne voient pas que ce sera dramatique demain.

Moi qui ai élevé tant bien que mal deux générations, en faisant beaucoup de moulinets pour faire croire à mon autorité, à la troisième, je cale. Question de distance généalogique ? Peut-être. Auprès de ce rejeton qui ne porte ni mon nom de jeune fille, ni mon nom de femme mariée, ni le nom que portait sa mère, mais celui d'un mec jusque-là inconnu qui a fait irruption dans la vie d'Amélie il y a sept ou huit ans à peine (et qui, à mon avis, est en train de se tirer), mais qui a légalement réussi à planter son nom à lui sur « ma » famille, j'ai l'impression d'être une étoile morte dont la lumière ne lui parvient même plus. Il respecte à peine plus ses grand-mères d'ailleurs… car les enfants n'ont aucune notion de l'âge. L'âge, c'est le leur, un point c'est tout. Que tu aies soixante ou quatre-vingts ans, tu es le même vieux schnoque pour eux. Et encore, il n'a que sept ans. A huit il dira : vieux con !

Et que pourrais-je bien inventer pour l'épater ? Je ne fais plus de voile ni de ski et de toute façon ce n'est plus le même ski : Il n'y a plus de bâtons et, à la limite, plus de skis mais une planche unique, le snowboard, qui carence tout ce que j'avais appris de mon père, transmis à mes enfants avec tant de fierté et montré à mes petits-enfants... Tout s'est cassé la gueule et même la neige n'est plus la même neige. Elle ne tombe plus forcément du ciel, mais d'un canon!

Et pour le distraire le soir, que pourrais-je lui apprendre? Le Nain jaune avec ses casiers, ses jetons ronds ou oblongs, qui enchantait nos soirées familiales? Pendant combien d'années avons-nous joué au Nain jaune? Etions-nous spécialement retardées?

Alors le jeu de dames? Pourquoi pas le trictrac?

Je n'ose pas lui proposer d'apprendre à tricoter pour faire une écharpe au point mousse à Amélie pour la fête des mères! Ce serait une vraie surprise pourtant. Et nous avons tant aimé tricoter toutes les deux, toute la layette de nos enfants, y compris les chaussons à quatre aiguilles, avec trou-trous pour le ruban de satin. Je ne saurais plus les faire. Et d'ailleurs je viens de jeter toutes mes aiguilles, retrouvées au fond d'un tiroir, à l'occasion des travaux entrepris dans ma chambre. Et je vais te dire une drôle de chose, Hélène : toutes ces aiguilles multicolores et nouées d'un brin de laine décolorée, elles ne me rappelaient pas le point de riz ou les torsades, si difficiles à réussir. Mais... l'avortement. Nos avortements. Le tien, unique il me semble, et tous les miens.

Il m'en restait une, de celles qui pouvaient servir à *ça*, en métal peint de couleur layette avec le bout argenté et bien arrondi. Celles en bakélite étaient beaucoup trop pointues. Et je t'ai revue soudain sur ton grand lit, te confiant à mes compétences incertaines ; et moi, à genoux sur le tapis, cherchant à faire coulisser la sonde de caoutchouc (qui était interdite de vente en pharmacie à l'époque, comme si on voulait nous faire prendre un risque mortel en plus pour nous punir), en tâtonnant pour qu'elle glisse le long de l'aiguille vaselinée et pénètre en douceur, en douceur surtout, dans le col de cette cavité maudite de l'utérus qui pouvait chaque mois bouleverser nos vies. On n'imagine pas, on n'imagine plus la détresse qui était la nôtre quand nous *tombions* enceintes. N'importe quoi on aurait tenté. N'importe quoi ! Toutes, les riches et les pauvres, les adolescentes et les femmes qui se croyaient ménopausées, les putes et les sages qui n'avaient couché qu'une fois et qui étaient « prises », les abandonnées et les mères de cinq enfants déjà, toutes, prêtes à se faire trafiquer par n'importe qui, n'importe comment, à n'importe quel prix.

Et nos maris, Adrien et Victor, résignés à

cette fatalité féminine, nous attendant dans la pièce à côté, ton beau salon si honnête et cossu, à la fois coupables, honteux, furieux, terrorisés, mais déterminés comme nous.

Je suis encore émue, ma petite Minnie, que tu aies osé mettre ta vie entre les mains de ta grande sœur qui n'avait jamais pratiqué que sur elle-même deux ou trois fois, et qui s'était contentée de potasser les livres d'anatomie laissés par son premier mari.

J'avais gardé deux de ces aiguilles pour le cas où... et en fait, après toi, je ne m'en suis plus servie qu'une seule fois, pour moi. Et quand il a été question, pour Marion, d'avortement (vingt ans plus tard et on se trouvait toujours au même point, tu te rends compte?) eh bien là, je n'ai pas pu. On n'attente pas à son enfant Nous avons préféré la filière longue et incertaine! Faire quatre cents kilomètres pour rencontrer à Brest un médecin que l'on disait compatissant et prêt à prendre des risques pour sa carrière, en échange de beaucoup d'argent, bien sûr. Nous admettions son point de vue après les dérobades mielleuses ou sans pitié de tous les gynécologues que nous venions de consulter à Paris. Le «fiancé» de Marion nous accompagnait courageusement mais elle l'a

133

évacué… avec l'embryon ! Il avait été le témoin de moments trop pénibles.

Tout s'est bien passé mais je ne te l'ai jamais dit : tu aurais cru que tu m'étais moins précieuse que ma fille. Pas du tout, mon petit bout. Mais pour ma sœur, je faisais comme pour moi. Mon enfant, lui, restait pour toujours le fragile petit humain que j'avais vu sortir de moi. Je n'étais pas inquiète avec toi. C'était pourtant la première fois que je voyais une femme en face, et d'en bas, comme seuls peuvent la voir les maris, les amants et les gynécologues ou une autre femme, peut-être, mais jamais une sœur. Et je te voyais d'autant mieux, chère Hélène, que je disposais pour la première fois d'un spéculum procuré par ton mari, alors jeune médecin. Je n'en avais jamais eu besoin pour moi : ne pouvant me voir de mes yeux, j'en étais réduite à palper avec mes doigts. Quelles crampes ! C'était bien plus difficile ! Alors qu'après toi, j'aurais pu faire faiseuse d'anges, tu vois, et gagner pas mal d'argent… sauf à finir sur la guillotine comme Marie-Louise Giraud, blanchisseuse, en 1943, salaud de Pétain qui avait refusé de la gracier – sa mort n'avait servi qu'à faire monter les prix et en aucun cas à dissuader quiconque. Sauf elle, la pauvre !

Je n'oublierai jamais notre défoulement APRÈS, quand nous avons bu du champagne tous les quatre en riant très fort pour masquer notre gêne et pour moi, le soulagement de ne t'avoir pas « perforée » comme on disait dans les faits divers sur les « suites tragiques d'un avortement criminel ». Selon l'usage, dès que l'hémorragie a été décente, quarante-huit heures plus tard, tu t'es rendue à la Polyclinique des Bleuets, habituée à ce type d'intervention pour « fausse-couche » (sic). Tout s'est très bien passé mais on a évité d'en reparler, d'un commun accord.

Et hier je regardais cette aiguille avec un sentiment d'horreur rétrospective et je disais une nouvelle fois « merci, Simone, qui nous a délivrées. Sois bénie entre toutes les femmes et par toutes les femmes. Amen ».

Ma chérie, ma Minnie, suis obligée de te quitter : mon énergumène hurle, comme chaque nuit. Amélie m'avait prévenue : il a des cauchemars. Il imagine sans doute qu'il est contraint d'obéir ? Quant à moi, je n'ai plus aucun espace de liberté, ni la nuit, ni le jour. Ça va être bon de le rendre à ses parents !

Je crois que je ne lui aurai laissé en héritage de son séjour chez moi qu'un petit quatrain qui fait mes délices, qu'Adrien tient de sa mère et qu'il me chantonne souvent au petit déjeuner :

La touche étoile

La confiture ça dégouline
Ça passe par les trous du pain
Ça coule partout sous la tartine
Bientôt on en a plein les mains!

On croit transmettre de grandes choses à ses enfants et c'est parfois par des petits souvenirs de rien du tout qu'on reste dans leur mémoire.

Tu as vu à la longueur de ma lettre à quel point tu me manques. Ecris vite pour dire comment tu t'habitues à ton nouvel habitat. Nous venons de nous inscrire, Adrien et moi, pour une croisière au Vietnam, sur le *Mermoz* qui fera là un de ses derniers voyages. Nous aussi, qui sait? Nous aurions tant aimé faire ce voyage avec vous!

Ton Alice»

VII

La sororité – Hélène et Victor

Hélène contemplait l'homme, allongé à ses côtés. L'aube envahissait doucement le ciel projetant ses rayons roses sur le visage endormi de son mari. Victor avait un beau profil encore. Un menton énergique, un nez busqué, des sourcils étonnamment noirs et arrogants. Mais de face on voyait que l'énergie et l'arrogance étaient en train de couler et de s'amasser dans son double menton par deux profondes rigoles de chaque côté de la bouche. Son cou peu à peu se remplissait des surplus de son visage.

Hélène se palpa machinalement les maxillaires et le cou. Par où allait-elle lâcher ? Tout flanchait si doucement qu'elle pouvait feindre que rien n'avait bougé ! L'ennui de ces Résidences médicalisées c'est que le check-up y était systématique. Elle se croyait invincible et voilà que son dossier l'accusait d'ostéoporose jointe à une dystrophie osseuse. Elle n'avait jamais pris d'œstrogènes : Victor s'y opposait. Et puis un de ses bridges venait de lâcher, et il faudrait arracher le chicot.

Qu'on vieillisse, passe encore, mais que des réparations faites à prix d'or au cours de la vie ne réussissent pas à vous accompagner jusqu'au bout du voyage était inadmissible. Et outre les maladies il fallait compter avec les accidents ! Depuis que le boxer de son fils avait tenté de lui dévorer la jambe deux ans plus tôt, Hélène souffrait d'un tendon coincé à la cheville et traînait la patte. On lui avait prescrit vingt séances de kinésithérapie et en cas d'échec, il faudrait opérer pour éviter la rétraction.

Au moins, à Saint-John-Perse, on disposait de nombreux équipements sur place, y compris un capilliculteur qui s'efforçait d'empêcher sa queue-de-cheval d'un joli blond qui virait un peu au vert-de-gris avec l'âge, de tourner à la queue de rat. Y compris aussi un ophtalmo, qui avait pu repêcher en urgence une de ses lentilles de contact qui était montée se coincer sous sa paupière.

C'était un boulot à plein temps de vieillir. Et rien que pour empirer un peu chaque jour, ça coûtait très cher ! Mais grâce au système d'Assurance des Médecins des Hôpitaux, Victor et elle se retrouvaient à Cannes tous les deux, pris en charge comme dans un vaisseau spatial et, surtout pour Victor avec ce Parkinson, elle ne regrettait pas trop d'avoir quitté Paris.

«J'ai passé cinquante ans de ma vie à avoir vingt ans!», disait Marcel Jouhandeau qu'Hélène avait vu souvent dans le salon de ses parents et dont elle aurait plutôt pensé qu'à vingt ans il avait déjà l'air d'en avoir cinquante! Hélène aurait pu faire sienne cette remarque. Elle avait tant vécu pour Victor et avec lui, le secondant comme assistante médicale et secrétaire et partant avec lui pour «Ouaga» où il passait un mois chaque année pour opérer les trachomes des enfants de Haute-Volta, devenue entre-temps le Burkina Faso, qu'elle ne s'était pas aperçue qu'elle n'avait plus vingt ans. Elle avait vieilli d'un seul coup du jour où Victor avait dû prendre une retraite anticipée, ayant repéré des tremblements dans sa main droite. «J'aurais été pédiatre ou cardiologue, j'aurais pu travailler encore deux ans», disait-il avec amertume.

Son employeur étant également son époux, Hélène se retrouvait, elle aussi, condamnée à une retraite anticipée, avec pour unique perspective un emploi de papy-sitter auprès d'un malade de caractère vindicatif et bourru.

— Trouve-toi un amant, lui enjoignait Alice,

pendant que tu fais encore illusion. Et fais vite.
Tu n'auras pas longtemps soixante-quatre ans et
encore moins longtemps soixante-cinq et la
suite, je te préviens. Si les belles années passent
vite, les moins belles passent plus vite encore !
Si tu ne réagis pas très vite, Minnie, tu seras
embarquée sur le toboggan avec ton Mickey. Je
te prédis que dans un an tu auras une canne
sous prétexte de ne pas marcher plus vite que
lui et dans deux, un sentiment de culpabilité
vis-à-vis de « ce pauvre Victor », qu'il fera tout
pour attiser, je le connais.

Alice, qui avait près de dix ans de plus que sa
sœur, l'avait toujours rudoyée. Victor et elle se
considéraient comme deux puissances ennemies
qui s'affrontaient sur tout sans parvenir à se
bouter hors d'un territoire qu'ils revendiquaient
l'un et l'autre. Victor reprochait à Alice ses opinions « soixante-huitardes », et son féminisme
« exagéré », comme si on pouvait se battre trop
pour l'égalité entre les sexes. Et Alice, de son
côté, lui en voulait d'avoir phagocyté Hélène à
son seul profit, tuant dans l'œuf les dons artistiques qu'elle avait manifestés dans l'adolescence.

Secrètement flattée d'être un objet de rivalité
entre les deux êtres humains qu'elle aimait le
plus au monde, Hélène ne détestait pas attiser

leur jalousie, chacun la protégeant de l'empire trop absolu de l'autre. Que son mari exerçât trop exclusivement son pouvoir lui semblait dans l'ordre des choses après tout, mais l'autorité d'Alice lui pesait parfois, d'autant qu'elle se réclamait d'un nécessaire égoïsme qu'Hélène avait réussi à étouffer dans sa propre vie au prix de périodes dépressives qu'elle n'avait jamais avouées, ni même voulu reconnaître.

Aujourd'hui la dureté d'Alice vis-à-vis de ce petit garçon qu'elle n'appelait que «l'énergumène» la scandalisait d'autant plus qu'ayant eu deux fils avec Victor, elle s'était habituée très tôt à l'agressivité des garçons, compensée, disait-elle, par leur émouvante tendresse.

«Tu mets sur le compte de la "méchanceté" de Valentin, les cauchemars qui le réveillent et te réveillent chaque nuit, écrivit-elle à sa sœur. Moi j'ai toujours été persuadée que les jeunes enfants sont terrorisés par l'idée de la mort. Par leur naissance, ils sont encore proches du néant et je suis convaincue que dans le ventre maternel déjà ils éprouvent des terreurs inimaginables. D'ailleurs ils naissent en hurlant. Aucun ne sourit. Et ce sentiment d'épouvante les poursuit au long de leurs jeunes années. Aucun adulte ne ressent aussi violemment la peur de la mort qu'un enfant. S'ils s'éveillent la nuit en criant, les parents mettent cela sur le compte de coliques ou des dents ou d'un besoin pervers d'attirer l'attention. En réalité, les enfants hurlent à la mort. Ils sont des vivants de fraîche date, et n'ont pas eu le temps d'oublier leur état antérieur. Ils savent quelque chose que nous avons occulté et il faut attendre les approches de la vieillesse pour que resurgisse l'angoisse du néant. Les enfants sont des morts de la veille et les vieillards des morts du lendemain, qui d'ailleurs retombent en enfance, refermant le cercle de la vie. »

« Ah ! L'incurable spiritualiste que tu es, lui avait répondu Alice. Tu as le beau rôle de celle qui comprend ces petits êtres adorables ("forcément adorables", dirait Duras) que sont nos sales mômes. Je reste persuadée que la plupart d'entre eux ne nous veulent pas de bien. De plus ils n'ont aucune imagination du malheur ou de la souffrance des autres. Rien n'est plus cruel qu'un enfant avec un autre enfant dès qu'il peut le mépriser ou le dominer. J'estime qu'au moins 10 % sont nés emmerdeurs et que si on tombe sur un de ceux-là, on ne s'en tire qu'en leur imposant cette crainte révérentielle dont je te parlais dans ma dernière lettre, assortie d'une discipline de fer. Sinon, très vite ils arracheront les ailes des mouches, et ce sont les mêmes qui, plus tard, battront leur mère avant de violer les filles et de tabasser leur femme. Il faut bien qu'ils se recrutent quelque part, les salauds !

Tu vas me trouver monstrueuse. C'est un privilège de l'âge, mon petit. Je n'aurais jamais osé dire une chose pareille, ni la penser sans doute, quand j'étais mère, ou même grand-mère. Mais de même que tu prétends que les petits enfants hurlent à la mort, je prétends que les années cruelles qui précèdent la mort autorisent les anciens enfants que nous sommes à hurler au loup, parfois. Nous aussi commençons à pleurer, la nuit venue, mais hélas nous n'avons personne pour nous bercer et rien pour nous consoler. Parce que nous, nous savons pourquoi nous pleurons. Quant à nos maris, soit ils sont déjà morts, soit ils sont devenus indifférents et ont leurs propres cauchemars. Nos enfants, eux, affrontent déjà la cinquantaine, les miens du moins ; c'est un mauvais moment à passer et je m'en voudrais de charger leur barque. Qui reste-t-il ? Auprès de qui déposer plainte ? Devine, ma chérie !

Et non seulement tu es ma sœur mais tu es une bonne personne : une double chance pour moi. A mesure que le temps passe, je me demande si la sororité n'est pas le sentiment le plus authentique, le moins frelaté, le plus résistant, le plus imperméable aux événements, le plus j'm'en foutiste... il faut prendre tant de précautions avec l'amour. Avec une sœur, on ose tout, même rester soi-même, jusqu'à l'horreur si c'est nécessaire pour sa santé mentale !

Merci Minnie de me permettre d'être horrible en restant sûre de conserver ton affection. C'est si bon ! On est si rarement soi-même, finalement... et surtout avec si peu de gens...

Ton Alice »

VIII

Brian et Peggy

« L'inconscient, il faut le savoir, est un sale con[1]. »

C'est peu de temps après le séjour de Marion à Blackwater que Peggy manifesta les premiers symptômes de sa maladie. Des difficultés d'élocution, des troubles visuels, des douleurs aux mains et aux pieds, des pertes d'équilibre, un tableau clinique inquiétant où les médecins, à l'issue d'examens répétés, ponctions lombaires et scanners, diagnostiquèrent une variante de sclérose en plaques.

« Affection neurologique évolutive du sujet jeune, évoluant par poussées inflammatoires, apparaissant entre vingt et quarante ans et frappant à 70 % des femmes. Perte d'autonomie, parfois rapide, pouvant conduire au décès. Pas

---

1. Catherine Clément, *Le Cherche Midi*, Récit, éd. Stock.

de traitement curatif mais la rééducation des malades reste fondamentale. »

Ce que découvrit Marion dans son dictionnaire médical sonnait comme un glas. Pour Peggy bien sûr. Pour Brian aussi, tenté d'y voir le châtiment divin de son inconduite. Pour Marion enfin, que la perspective d'une épouse promise au fauteuil roulant et d'un petit garçon qui resterait unique, rejetait dans le rôle de la Tentatrice inspirée par le Démon.

Toute Moire que je sois, je me sentais découragée par tant d'adversité et presque tentée d'abandonner les deux héros de cette histoire que j'avais eu tant de plaisir et de difficulté à mettre sur pied.

Pourtant ce sont ces vies-là, aux limites de l'ingérable, ces amours-là, aux limites de l'invivable, qui font qu'on peut quitter ce monde en paix avec soi-même : on a rempli son contrat de vie et pris le risque d'explorer ce que l'amour peut recéler de fou, de sublime, d'improbable et de menacé. Je n'aime pas laisser une belle histoire inachevée. Tout me semble bon, qui peut lui donner encore une chance.

Il me restait peut-être un espoir de sauver la situation, à condition de réussir un tour à ma façon.

Un tour pas facile, sujet à des impondérables

tels que les caprices de la nature humaine, si volontiers contrariante, ou de la morale qui a si rarement partie liée avec le bonheur. Mais à quoi servirait d'être une Moire si je ne faisais pas de miracles?

A Dublin, l'état de Peggy s'était dégradé très vite, au point qu'elle ne pouvait plus rester seule pendant les fréquents déplacement professionnels de son mari. Il avait été contraint de demander sa retraite anticipée comme pilote et travaillait désormais « au sol », dans les bureaux de la compagnie. Ces deux mots « au sol » signifiaient un peu la mort pour Brian : pour achever de le ligoter, sa belle-mère allait venir habiter dans leur petite maison des environs de Dublin afin de s'occuper de Peggy et du petit Eamon. Il dut avouer à Marion qu'il se sentait incapable de mentir plus longtemps à sa femme et de ne pas consacrer toutes ses forces à tenter de surmonter avec elle le malheur qui les frappait.

« *I would be devastated,* lui écrivit-il, *to live in this world without knowing you are somewhere for me to love.* »

Mais écrire à Marion en anglais lui semblait une trahison de plus vis-à-vis de Peggy. Il se proposait donc de parfaire sa connaissance du français avant de reprendre une correspondance dans sa langue à elle, avec des mots qui ne seraient pas ceux de sa vie quotidienne à lui. Le désespoir inspire parfois des solutions attendrissantes de naïveté, songea Marion, mais elle se garda bien de le lui faire remarquer, sachant que la survie ne tient souvent qu'à un fil et que tout accommodement est bon qui rend le malheur tolérable. La mort s'était installée dans son paysage et il faudrait du temps pour que Brian prenne la mesure de sa condition carcérale et que le désir d'être heureux resurgisse en lui comme une rivière souterraine qui fait surface. Mais Marion n'était pas femme à se résigner sans rien tenter.

Depuis quelque temps déjà, elle caressait le projet d'avoir un fils et Maurice lui aussi se sentait prêt pour un deuxième enfant, dans l'espoir informulé de s'attacher sa femme par un nouveau lien. Il fut profondément ému du désir de Marion. Elle, de son côté, jugea honnête de lui raconter le malheur qui frappait Peggy et ses conséquences sur la liberté de Brian étant donné sa propension à se juger responsable et coupable de tout ce qui arrivait à sa famille.

— Cet enfant, si tu veux bien, et si c'est un garçon, j'aimerais l'appeler Emile, dit-il à Marion. Mon père avait tant espéré me donner ce prénom, rituel dans la famille pour le fils aîné. Mais maman n'avait rien voulu savoir!

— Je la comprends, ta mère! L'ennui, c'est que Maurice ne valait pas mieux… C'est bizarre, ajouta-t-elle, en riant, il y a des prénoms comme Maurice ou Albert qui ne veulent pas redevenir à la mode, alors que Thomas, Mathieu ou même Corentin, c'est du dernier chic! Et Emile aussi, tu vois, je trouve ça charmant maintenant. Tout à fait d'accord pour un Emile. Et si c'est une fille, c'est moi qui choisirai, d'accord?

Ils firent l'amour ce soir-là et les suivants avec une fraîcheur et un enthousiasme qui leur rappelèrent leurs premiers émois, ce projet d'enfant illuminant la part de routine qui se mêle presque inévitablement aux procédures amoureuses après dix ans de vie commune. Ces quelques mois et les neuf qui s'ensuivirent furent parmi les plus tendres et les plus sereins de leur existence.

« Caresser » un projet d'enfant… les mots parfois expriment mieux que vous votre pensée. Marion n'avait rien prémédité en révélant à Maurice son intention mais à mesure que les jours passaient elle s'apercevait qu'une étrange glaciation se produisait en elle et gagnait tout un canton de son âme à la mesure du vide qu'allait y creuser Brian. Comment se résigner à laisser mourir cette passion qui avait illuminé sa vie depuis tant d'années, bien au-delà de la place réelle qu'elle y occupait ? Les idées apparaissent bien souvent au fond de soi avant même de trouver leur formulation. Elle sentait sourdre en elle une hypothèse aberrante qui prenait peu à peu la forme d'un espoir.

Et si tu donnais une chance à la chance ? lui soufflait une voix. Et si tu choisissais de ne pas choisir ? Et si le hasard décidait du géniteur de cet enfant, que tu désires, d'où qu'il vienne ? Quoi de plus salvateur qu'une nouvelle vie pour conjurer la maladie, la mort ou l'absence ?

A toutes ces questions, Marion se sentait incapable de répondre. Elles s'étaient imposées d'elles-mêmes et certaines interrogations supportent mal de rester en suspens. Il fallait qu'elle en parle, afin qu'une telle hypothèse ne se transforme pas plus tard en remords ou, le cas échéant, en secret trop lourd à porter. Et pour qu'un secret ne devienne pas un jour un poison ou une prison, il était essentiel de trouver les mots qui le justifient à ses propres yeux tout en l'expliquant à quelqu'un d'autre. Ce fut tout naturellement vers sa mère que Marion se tourna. Il n'était pas question d'en parler à Brian bien sûr, qui se débattait parmi des problèmes dont chacun semblait insoluble, à commencer par l'abandon de son métier, de toutes ces heures de navigation céleste qui assuraient jusqu'ici son équilibre terrestre. Jamais non plus Maurice ne devrait avoir le moindre doute ; ni l'enfant, s'il choisissait de naître. Quant à sa petite tante Hélène, elle lui paraissait beaucoup trop soumise aux valeurs de Victor, son mari, qui condamnerait évidemment une décision aussi contraire, selon lui, à la morale et à l'institution du mariage.

L'âge venant, Alice au contraire traversait de plus en plus le miroir des apparences et se détachait des conventions au profit du droit à l'égoïsme et au bonheur individuel. C'est entre génitrices d'ailleurs que l'on peut le plus aisément évoquer ce pouvoir secret des femmes et les mensonges ou les mystères jamais élucidés qui ont jalonné la chaîne des générations, parfois à l'insu même des intéressées et pour la plus grande joie des Moires, seules à même de démêler tous ces écheveaux. Jamais ne sera écrite la généalogie véritable de chaque humain, tissée de détours inouïs, fruit des hasards, des caprices ou des passions.

Alice, qui était seule de la famille à avoir rencontré à Paris à plusieurs reprises ce personnage attachant et si peu français qu'était Brian, entra dans la confidence avec une jeunesse de cœur fréquente chez les femmes vieillissantes, contrairement à l'opinion répandue. Avant de laisser parler le bon sens et la raison, qui n'ont généralement rien à dire dans ces domaines, elle se laissa envahir par une tendresse infinie pour cette histoire qui n'était que d'amour, après tout. Elle s'aperçut avec bonheur qu'à mesure que sa fille Marion devenait adulte à part entière, se détachant de l'état filial et captateur, elles entraient toutes deux dans une relation nouvelle et encore mal balisée dans l'histoire des sentiments, entre une mère âgée qui s'autorise à oublier qu'elle est assignée à la case MAMAN et une autre mère, jeune encore, qui occupe à elle seule plusieurs cases du Jeu de Dames. L'amour maternel subit alors une mutation qui le rapproche de l'amour sororal ou de l'amour tout court, découvrant ainsi un territoire d'une richesse inattendue, une sorte de patrie profonde des femmes, qui va constituer, pour les mères comme pour les filles, un refuge aussi vital que l'autre, la patrie géographique. Ce partage d'un secret, qui ne serait peut-être rien de plus qu'un doute en fin de compte, vint resserrer à jamais leurs liens de mère à fille mais aussi de mère à mère et de femme à femme. A ce témoignage de confiance, Alice se sentit rajeunir et retrouva un peu cette part de suspense et d'inattendu dans l'existence qui lui semblaient une des meilleures raisons de survivre, malgré ses déceptions professionnelles.

Brian revint deux ou trois fois à Paris cet automne-là avant de passer la main définitivement à un autre pilote et d'entrer dans le long désert qui allait le séparer de Marion.

« *My heart is within you! Tà nochroi istigh ionat*, souviens-t'en toujours, je t'en supplie, Marion. »

Ce furent ses dernières paroles lorsqu'il se détacha d'elle dans cet aéroport du Bourget, où il l'avait rencontrée quinze ans plus tôt. Il ne sut jamais que la violence de leurs dernières étreintes n'était pas due seulement au désespoir de se perdre, mais à l'espoir chez Marion de garder en elle et pour toujours un témoignage vivant de ce sentiment qui était devenu partie intégrante de son être.

La famille souhaitait un garçon, un petit frère pour Amélie. Ce fut une petite fille, rousse et bouclée serré, comme il se devait pour l'enfant de Brian O'Connell.

A la vue de la « nouvelle-née », pour Marion, le doute ne fut plus possible et elle décida de la nommer Séverine et Constance. Séverine en hommage à la première femme journaliste en France après Flora Tristan. Constance à la

153

mémoire de Constance Markiewicz, héroïne de l'indépendance irlandaise au côté d'Eamon de Valera, le premier président de la République libre d'Irlande. C'était un clin d'œil aussi au petit Eamon O'Connell de Dublin, son demi-frère.

Moïra est un prénom très répandu en Irlande mais difficile à prononcer pour des Français ; aussi n'ai-je pas insisté. Il me suffisait que Marion eût réussi à la concevoir et qu'elle fût accueillie avec bonheur par ses parents. Son grand-père, Adrien, se souvint même fort à pro-pos d'un petit frère mort jeune de la typhoïde, qu'on surnommait Poil de Carotte dans son enfance et dont il se plut à retrouver les traits et la chevelure chez la petite Séverine.

Un jour, elle n'en doutait pas, Marion pour-rait dire à Brian qu'il lui avait offert sans le vou-loir un cadeau inestimable, cet enfant, qu'il lui laissait en gage, afin qu'elle se sente moins pri-vée de lui pour attendre des jours meilleurs. Des jours qui viendraient plus tard pour eux, elle n'en doutait plus maintenant.

Brian ne fera jamais la connaissance de sa fille. Mais, en contemplant ses photos, quelques années plus tard, il pleurera de tendresse en découvrant que Constance avait tout pris de lui, comme pour compenser son absence : ses yeux d'un bleu si pâle et si aigu à la fois, ses cils retroussés, sa peau très blanche, ses taches de rousseur jusque sur les mains, ses bras trop longs et les reflets cuivrés de son agressive chevelure si drue et bouclée serré!

IX

Alice au pays des vermeilles

Nous n'avions jamais fait de croisière, Adrien et moi. Les couples qui se décident pour ce type de voyage sont ceux qui ont épuisé toutes les autres formules. Les safaris africains sont devenus trop fatigants, le trekking au Népal, dangereux, la descente du Nil, déjà faite à deux reprises et impraticable après une entorse ; enfin notre dernier séjour de ski s'est terminé dans le plâtre ! Quant aux vacances de Noël au Club Med, elles ne sont plus envisageables car les petits-enfants ont passé l'âge de s'amuser avec les grands-parents. Restait le bateau où chacun emporte son cocon, ses misères et ses gélules avec lui. Immergés dans un milieu que nous n'aurions jamais choisi et dans un pays qui nous était inconnu, nous faisions deux voyages d'exploration en somme pour le prix d'un !

Dépaysement dès l'embarquement : sur la

157

passerelle du *Mermoz* à Saïgon, où notre troupe se traîne, épuisée par quinze heures de vol et quatre heures d'attente à Hong Kong puis à Singapour, chacun des quatre cents passagers procède à une évaluation sommaire des spécimens qui vont partager son quotidien pendant douze jours. Les regards des hommes s'allument parfois à la vue d'une fine silhouette vue de dos, et puis, de face, c'est un vieux tromblon ! Partout des fesses lourdes, des dos voûtés, des jambes de cigogne ou des traverses de chemin de fer… Il faudra qu'ils aillent au Beauty Parlour s'ils veulent badiner un peu.

Ce n'est pas plus gai de notre côté : sur ce trajet, les hommes sont presque tous des anciens d'Indochine, nuques raides, cheveux coupés très court, allure martiale, longs shorts beiges sur jambes nerveuses… Ils tiennent tous moralement une badine à la main, faute de fusil. On observe une proportion de mutilés très au-dessus de la moyenne nationale.

Côté épouses (ici on n'amène pas sa maîtresse), on repère vite celles qui réprouvent le bistouri, le silicone ou le Botox. Elles sont de loin les plus nombreuses dans ces familles austères de militaires ou d'anciens administrateurs coloniaux. Beaucoup de veuves aussi, visiblement décidées à profiter de leurs pensions de réversion, bien plus joyeuses à palper que ne l'était leur colonel.

Chez les vieux, Hélène, je m'aperçois que c'est la démarche qui trahit la première. Plus aucun ne marche selon la loi de nature. Ils se déplacent, certes, mais à l'intérieur ça couine. Plus rien ne va de soi ; il faut sans cesse s'ajuster au terrain, compenser, tricher, avec l'espoir de tromper son monde. Et puis soudain une jeune femme passe, fluide, évidente, et chacun prend conscience qu'il marche comme un jouet mécanique, animé de mouvements spasmodiques.

Penser à ce qu'il faut mettre en jeu pour marcher, ce n'est plus marcher, c'est se déplacer d'un point à un autre. Et rappelle-toi qu'un jour, même ça, ça paraîtra miraculeux. En attendant, il faut réfléchir au pas suivant et coordonner ses efforts comme fait le petit enfant. Les uns, les plus gros, roulent de droite et de gauche comme si chaque jambe était successivement la plus courte ! Les maigres ont conservé une allure martiale qui n'est plus que raideur et exposent des genoux osseux et des mollets de coq entre le short et la chaussure de brousse. On découvre en la perdant que la beauté d'un geste échappe à la description. Quand la marche ne va plus de soi, c'est un peu de l'harmonie du monde qui est remise en cause. Nous devenons des échafaudages improbables où la défection d'un seul boulon suffit à compromettre tout l'édifice.

En deux heures les quatre cents passagers sont casés dans leurs cabines respectives et assignés aux différents restaurants. N'étant pas en cabine GRAND LUXE, mais seulement en LUXE, nous n'avons pas droit au Restaurant Renaissance et sommes relégués au Massilia. On nous affirme que c'est la même cuisine.

Le *Mermoz*, unité en bout de course, a le même âge que la moyenne de ses passagers. Il est vieillot mais non sans charme.

Hélas, les cabines LUXE sont minuscules : un hublot, des banquettes-lits de chaque côté avec équipets. Ni table ni fauteuils, faute de place, seulement un tabouret devant une étroite commode.

Pour fuir notre cellule, je m'inscris pour toutes les conférences et visites guidées… Tu reconnais là mes réflexes de bonne élève et ma nostalgie des années d'étudiante ! Et puis pour ma première croisière, je veux tout expérimenter. Adrien compte se mêler aux navigants et passer le maximum de temps sur la passerelle de pilotage. A peine ai-je versé mes frais d'inscription qu'on nous annonce qu'Alain Decaux vient de subir un pontage coronaire et ne viendra pas et que Jean Lartéguy s'est décommandé hier, une vieille blessure du genou datant de la guerre d'Indochine (quel à-propos!) s'étant rouverte! Le général Préau et un historien inconnu les remplaceront. Tout le monde grimace mais qu'y faire? Nous sommes devenus un public captif.

Dès le premier jour, on nous immerge dans le grouillement asiatique. Trois heures de visite en bus semi-climatisé, puis une visite obligatoire du marché Chinois de Cholon qui ne vend que des légumes chinois. Rien pour les touristes en dehors de quelques boîtes de laque et de vieilles cartes postales écornées vendues par les enfants à la descente des cars.

Il fait 32° C et la troupe, à peine remise de son voyage éprouvant, accuse ses premières défections : un «Mermozien», comme on nous appelle déjà, s'affaisse en remontant à bord. Il est tout de suite escamoté. C'est mauvais pour le moral des troupes! Dès le lendemain, c'est un médecin militaire en retraite qui tombe raide à l'entrée d'un musée. Il respire encore mais n'ayant plus de médecin de service, notre guide l'assied sous un palmier et nous poursuivons notre visite en scrutant nos voisins avec suspicion. Chacun rappelle à l'autre qu'il est mortel, ce que nous avions prévu d'oublier pendant ce voyage !

Les autocars sont aussi vétustes que nous et plusieurs dames s'avèrent incapables de gravir les marchepieds disloqués. Il faut deux personnes pour les prendre sous les bras et les hisser.

Tout pose problème pour notre troupe délabrée et quelques passagers renoncent bientôt à descendre. Je suis à côté d'une très ancienne jeune fille confite en dévouement, qui ne quitte pas sa mère très vieille, très chauve et sans doute aveugle, et lui décrit patiemment tous les paysages sans parvenir à faire naître une lueur dans ses yeux hagards. Je ne vois pas de jeune homme avec son vieux père... manque de garçons dévoués ou manque de vieux pères ? En revanche une jolie vieille dame s'appuie sur son fils, plein d'une tendresse touchante, mais c'est un homosexuel. Les pères n'ont décidément aucune chance !

Au retour, après le thé, notre général nous parle avec émotion de ce pays où tout a un nom de défaite, Da Nang, Na Trang et bien sûr Diên Biên Phu, rappelant que le Vietnam a connu trente ans de guerre, jusqu'à la réunification de 1975 : contre le Japon, la France puis les Etats-Unis, de grosses pointures ! Résultat : trente millions de morts. L'Indochine pour lui est comme une femme qu'il aurait beaucoup aimée et qui l'a quitté. L'amour est encore là, on le sent, mêlé de rancune.

Impossible d'écrire dans notre cabine, faute de table. Je me réfugie dans une des coursives où des dames jouent au bridge en pépiant tandis que leurs époux se racontent leur Indochine, soulignant non sans satisfaction la pauvreté et le sous-développement évident du pays : « Ils l'ont voulue, leur indépendance. Eh bien, ils l'ont ! »

Je voulais t'écrire dans le car qui nous emmenait à Hué. Adrien, furieux de s'être laissé coincer dans ce voyage où tout lui déplaît, s'est arrangé pour s'enrhumer. Fièvre et antibiotiques qui justifient qu'il reste à bord. Mais j'étais au fond du car, secouée comme dans un char à bancs, au long des cent vingt kilomètres qui nous séparaient de la capitale annamite, parcourus en trois heures et demie. Moyen de propulsion : le klaxon, entre les haies de vélos, de rares vespas et de charrettes à bras surchargées et traînées par des nains squelettiques.

On traverse l'Annam profond : toutes les maisons s'ouvrent sur le bord des routes pour commercer plus facilement ; pas une bicoque sans échoppe où sont disposés un ou deux objets improbables. Je suis frappée du petit nombre d'enfants. Au troisième, plus d'allocations, explique notre guide. Au quatrième, une femme qui travaille peut perdre son boulot. On voit surtout des garçons dans les rues et sur les cadres des vélos paternels, il est évident qu'ici aussi on tue les filles dans l'œuf.

Nous évoquons avec mes voisins ce « déficit » de filles ; en Inde aussi, comme en Chine, il manquerait un million de filles !

— On dit ça, mais il en reste toujours assez ! remarque avec ironie un vieux mec coiffé d'un casque colonial. De ceux qui ont nié l'existence de l'excision il y a vingt ans. Pensez-vous, si c'était si horrible que ça, elles ne le feraient pas ! On sous-estime toujours l'infinie capacité de souffrance de l'être humain.

Nous traversons avant d'arriver à Hué d'immenses plantations à demi inondées. Le geste auguste du semeur devient ici le geste émouvant de la repiqueuse de riz. Comme souvent pour les travaux de la terre, il émane une intense impression d'harmonie de ces rizières où se lisent successivement tous les stades de la culture du riz : le vert si frais des champs où la plante est déjà haute, puis le gris des marécages où des centaines de femmes sous leurs chapeaux coniques, jambes dans la boue, repiquent une à une les jeunes pousses. On pense à Sylvana Mangano dans *Riz amer*. Derrière chacune, en tas réguliers, les brins à planter. Devant elles, l'étendue vaseuse où elles plongent vite et méticuleusement, un à un, chaque brin, qui semble s'engloutir, mais qui, miraculeusement, s'enracinera et grandira à une vitesse hallucinante dans cet air chaud et humide qui assure trois récoltes par an, empêchant quatre-vingts millions de Vietnamiens de mourir de faim. Tous ces dos courbés, ces gestes rapides et gracieux comme ceux de l'oiseau, composent aux yeux du touriste pressé un ravissant tableau où personne n'a le temps ni le goût de discerner les lumbagos chroniques, les orteils que la vase pourrit, les genoux disloqués, les mycoses et l'épuisement des gestes répétés mille fois. Pour nous, touristes occidentaux, ne se dégagent que paix et beauté au rythme lent de quelques buffles.

Visite à Hué de l'admirable forteresse de l'impératrice. Adrien a bien fait de rester dans notre triste cabine. Il n'y a pas un pousse-pousse dans l'immense cité impériale cernée par dix kilomètres de murailles. Et au retour, il a fallu franchir deux cols qui surplombent d'immenses plages de sable au bord d'une mer de jade et longer des lacs où flottent comme sur des estampes japonaises des sampans amarrés à leurs nasses, tendues sur quatre piquets, dans un calme que je qualifierais d'éternel. Pardonne mes clichés, Hélène, ce sont les paysages d'ici qui les sécrètent, irrésistiblement !

Cette côte déserte sur des dizaines de kilomètres est à damner un promoteur ! Il faut être communiste (ou corse ?) pour refuser les milliers de bungalows-pieds dans l'eau qui attendent de se poser ici comme des vautours. Mais le communisme est encore solide en ces dernières années du XXe siècle. On le voit à l'endoctrinement de nos guides vietnamiens. La France, la présence française, ce que la colonisation a fait en bien ou en mal : sujets tabous. Forte de mon *Guide bleu*, j'ai pu cuisiner notre guide jaune de vingt ans, pour lui faire reconnaître enfin que la voie ferrée de mille deux cents kilomètres que nous longeons entre Saigon et Hanoï et qui dessert Hué, a été construite par les Français. Ainsi que la forteresse à la Vauban qui enserre la cité impériale.

— Restaurée par notre gouvernement démocratique, insiste-t-elle.

Je lui lis mon *Guide* précisant que c'est l'Unesco qui a pris en charge cette réhabilitation. Elle n'en croit rien. Son œil se bride un peu plus :

— C'est un mensonge de la propagande colonialiste.

On touche du doigt la méthode communiste et l'embrigadement des esprits. Sur le quai au pied du *Mermoz*, des commissaires du Peuple nous font perdre une heure chaque jour pour noter sur un registre les nom et adresse de chacun des trois cent cinquante passagers qui débarquent pour une excursion et les pointent tout aussi méticuleusement au retour. Des fois que l'un d'entre nous aurait envie de s'installer dans ce pays démuni de tout et où tout est interdit! Et en même temps plein de promesses et de richesses dont la première est son «peuple industrieux», comme disaient nos manuels Gallouédec et Maurette. Tu vois à quoi sert une sœur : tu deviens peu à peu mon grenier à mémoire. Et vice versa. A qui pourrais-je parler de Gallouédec et Maurette, de Malet et Isaac ou de Carpentier-Fialip qui ont régné comme des dieux familiers sur des générations d'écoliers?

Je ne connais pas les Gallouédec et Maurette de mon énergumène et lui non plus, bien sûr. Les dieux de cette génération-là ne se trouvent plus dans les Ecoles...

Leurs dieux sont des vedettes de rock aux noms exquis et aux gueules de raie   Dirty old Bastards, Blood thirsty Babes, Herpès ou Nique ta mère, qui sont régulièrement emportés par une overdose, le sida ou le suicide. Tout ce que nous aimions et pratiquions docilement, la dictée, les tables de multiplication, les départements (Indre, chef-lieu : Châteauroux ; sous-préfectures : Issoudun, Le Blanc, la Châtre. On les récitait comme les litanies à l'église, tu te souviens !). Tout ça c'est minable, où plutôt super-nul. Ils ne disposent plus que de 2 ou 3 adjectifs. L'orthographe, l'Histoire de France ? Obsessions de vieux maniaques. Quant aux profs, ils ne sont plus que des pauv' types qu'on peut molester, poignarder même !

En regagnant le *Mermoz*, j'ai découvert que le grand, gros et charmant animateur de nos soirées était un fidèle de notre groupe d'amis, Yves Robert, Danièle Delorme et Daniel Gélin ! Il nous avait repérés car « nous faisons tache dans ce milieu », paraît-il ! Chaque type de croisière a son public et le Vietnam draine presque exclusivement des anciens de la coloniale. Il me raconte que la semaine dernière à Ho Chi Minh-Ville, cinquante ans après « notre guerre », un officier demandait encore à un vieux conducteur de vélo-taxi : « Dis donc, Nhaqué, combien tu prends pour me conduire en ville ? »

Un autre, de la même eau, raconte ce soir à table ses batailles : « On avait beau en tuer, il en sortait de partout! C'est fou ce que c'est coriace, ces bestioles-là!» Les SS, dans les camps nazis, n'agissaient pas autrement en traitant de «Stück» (morceaux) les hommes ou les femmes, afin de pouvoir les tuer sans états d'âme.

Il y a deux ans, pendant la même croisière au Vietnam, l'animateur avait dû interrompre un soir le spectacle donné au Salon Mermoz pour annoncer la mort de Mitterrand.

— Et la salle a éclaté en applaudissements! nous dit-il. Sans commentaire.

Je comprends qu'Adrien supporte mal cette ambiance qui n'a pas changé depuis vingt ans et qui ne changera qu'avec la disparition de tous ceux qui se sont battus pour cette Indochine, et qui l'ont perdue pour des raisons politiques qui ne dépendaient pas d'eux et non faute de courage.

Il a toujours détesté les groupes, les excursions, les pique-nique, les vacances collectives, y compris le Club Med. Il n'apprécie que les navigations sur des unités trop exiguës pour contenir plus de huit personnes, équipage compris! Le bateau-charter de Xavier lui paraît idéal. Les femmes, elles, ont forcément un faible pour la croisière tous services compris. J'apprécie chaque seconde de ma vie ici, y compris l'occasion de râler contre une nourriture que je n'ai

pas eu besoin d'acheter ni de cuisiner ; de déplo-
rer qu'Adrien boive trop mais ce n'est pas moi
qui démoule les glaçons, et qu'il sème ses
cendres de cigare dans tous les récipients qu'il
trouve à sa portée et que d'autres nettoieront. Il
faudrait éditer des brochures distinctes pour les
deux sexes quand il s'agit de vacances, sans
oublier de signaler la proportion de jolis minois
à espérer sur telle ou telle destination. En des-
sous d'un certain niveau, les regards masculins
s'éteignent, les dos se voûtent et les ventres s'af-
faissent. Et le reste ! Ils ne sont plus qu'un
morne troupeau où chaque bestiau se demande
pourquoi il a dépensé tant d'argent pour que
son épouse se prélasse. Pour eux, peu de différence avec la vie quotidienne. A bord ou à terre
ce ne sont pas eux qui essuient les verres. Quant
à l'Indochine, ils la connaissent comme s'ils
l'avaient faite et les soirées inspirées des jeux
télévisés les attirent beaucoup plus que nos
excellents conférenciers évoquant Ho Chi Minh
ou le général Giap.

Je m'étonne de ne pas voir plus de rubans
rouges à leur boutonnière. Pratiquement pas de
Légion d'honneur, parmi ces hommes qui ont
risqué leur vie pour la France, tout de même !
Mais ce sont de moyens fonctionnaires, me rappelle Adrien, de petits commerçants un peu

enrichis, des provinciaux qui ont peu accès aux milieux où l'on décore. Nous fréquentons, nous, de hauts fonctionnaires, de hauts journalistes, de grandes vedettes, qui accéderont toutes un jour ou l'autre aux honneurs. Nous n'avons ni les mêmes fréquentations ni les mêmes lectures. Le Mermozien et la Mermozienne lisent avant tout des romans d'espionnage et des confidences de gens de radio ou de télé. Je me demandais qui pouvait bien lire ce genre de livres qui se vendent beaucoup mieux que ceux de Marion. J'ai trouvé : cette année, dans toutes les mains, le roman de Claire Chazal, le Pierre Bellemare, le livre d'Anne Sinclair (on la voit toutes les semaines à l'écran, donc, ça doit être bien, c'est excellent d'ailleurs !), ou les souvenirs de Maïté et Gilbert Carpentier. Pour la plupart de nos compagnons, la réussite, ce n'est pas d'avoir fait une découverte, battu un record, pris une décision qui va améliorer la vie des hommes. C'est d'être passé à la télé ! Comme animateur ou comme criminel, peu importe.

Je ne peux clore mon reportage sans te dire le choc de la baie d'Ha Long : nous disions Along autrefois quand elle était à nous ! Nous avons navigué, médusés, pendant des heures par petits groupes sur des sortes de bateaux-mouches à travers un paysage démentiel. Imagine sur un territoire grand comme la Guadeloupe, une sorte de Suisse folle qui émergerait de l'eau avec ses sommets déchiquetés, ses énormes menhirs couronnés de verdure, ses criques, ses abris précaires où s'entassent des centaines de sampans sur lesquels naviguent, pêchent, dorment et procréent sous une toile trouée des familles entières, qui s'activent comme des abeilles, ramant d'un aviron unique, cuisant des fruits de mer, nourrissant au sein leurs bébés, relevant leurs casiers pleins de crustacés bizarres et nous tendant des coquillages, des carapaces, des objets d'écaille ou de laque que nous ne pouvons acheter, hélas.

La mendicité est formellement interdite ici, de même qu'il nous est interdit de donner à manger aux habitants… Nous sommes informés que le gouvernement du Viet Minh est pauvre, mais qu'il parvient à nourrir sa population. Ils s'agglutinent pourtant autour du *Mermoz* avec des yeux qui brillent d'envie et des mains tendues et s'empressent de faire disparaître sous leurs haillons les pains au chocolat, les sandwiches au jambon et les boîtes de Coca que nous parvenons à leur lancer hors de la vue des garde-côtes. Ils n'ont pas le droit non plus de nous vendre les magnifiques crevettes qui emplissent leurs paniers tressés (pas une bassine en plastique, ici! La pauvreté, garante de beauté ?) ni les crabes roses aux pinces immenses, les mollusques inconnus, les bulots géants et les super-moules aux coquilles plus nacrées que les nôtres. Nous mangerons tout à l'heure nos fruits de mer congelés en rêvant de tous ces trésors qui grouillent de l'autre côté de notre coque.

Nostalgie aiguë en pensant aux casiers de Marion qui dorment dans l'appentis de Kerdruc. Si seulement il m'était permis de monter à bord d'un de ces sampans et d'aller à la pêche avec ces « Nhaqués »… Mais ils ne parlent même plus le français et nous vivons sur deux planètes différentes.

Un jour, quand la démocratie remplacera le communisme, ici on trouvera des paillotes tout confort sur chaque îlot, des canots pneumatiques équipés de Yamaha derrière chaque vague, des haveneaux et des fusils sous-marins à vendre dans chaque pizzeria-bazar. Les casquettes américaines auront remplacé les beaux chapeaux coniques en osier, et sur des vedettes de plastique blanc en forme de bidet, embarqueront des milliers de touristes avides de pêches miraculeuses, qui dureront quelques dizaines d'années, le temps de ravager les fonds, comme nous savons si bien le faire.

Un jour, quand la science aura terrassé la

vieillesse, des nonagénaires en bikini gambade·
ront sur ces plages, caressant au passage les plus
beaux centenaires aux cheveux fous sur les
épaules, qui les entraîneront dans leur cabine de
bains pour y faire l'amour debout, comme à
vingt ans. Et le soir, ils feuilletteront, incré-
dules, sur la terrasse des hôtels conditionnés, de
vieux magazines du XXe siècle où de pauvres
mecs aux crânes dégarnis et aux slips désaffec-
tés (ou l'inverse), équipés de stimulateurs cardiaques et de contours d'oreille numériques
recommandés par Robert Hossein (qui c'est
celui-là, se demanderont-ils?) se livrent labo-
rieusement à des gesticulations incoordonnées
qui rappellent vaguement la marche, dans les
allées de quelque réserve ardéchoise bâtie sur le
modèle du «Plan vermeil» de Régis Debray. A
leur côté leur femme, ou peut-être leur mère,
leur maîtresse ou leur sœur? Tout à coup, ils ne
se souviennent plus très bien... une femme,
disons, avec un sein en moins mais une prothèse
de hanche en plus, qui contemple avec une
larme au coin de l'œil (mais peut-être ses yeux
coulent-ils à cause de ce soleil?) une jeune fille
insouciante au corps rebondi qui lui rappelle
quelque chose... Ses mains remodelées par dix
ans d'arthrose s'agrippent à un youpa-là, en
tous points semblable à celui où, jeune mère

insouciante au corps rebondi, elle installait ses enfants un demi-siècle plus tôt, fermant ainsi « la ronde de la vie ». Comme tu dirais, Minnie, toi qui as un penchant coupable pour les métaphores !

Sur la photo du magazine, c'est un matin de printemps dans la baie d'Along. Le premier printemps de la Terre, comme ils le sont tous. Le stimulé cardiaque n'a pas oublié sa jeunesse et la musique des poètes qu'on apprenait par cœur à l'école, de son temps : « Mignonne… » commence-t-il tout bas, et puis non, il ne peut pas faire ça à Ronsard :

> *« Bobonne », allons voir si la rose*
> *Qui ce matin avait déclose*
> *Sa robe hm hm au soleil*
> *A point perdu cette vesprée*
> *Hm hm hm hm, hm hm hm hm*
> *Et son teint au vôtre pareil…*

— Arrête, hurle en silence la prothésée de la hanche qu'on dirait dessinée par Claire Brétécher, en levant sa griffe qui fut autrefois une main. Arrête, je t'en prie. Je connais la fin aussi bien que toi.

Car elle non plus n'a pas oublié sa jeunesse. Elle est intacte, hélas, au fond de son cœur.

X

Marion et Maurice

Quand on s'éloigne d'une côte en bateau, on
la découvre soudain différemment. Les criques,
les caps, les plages forment peu à peu un
ensemble qui n'est pas la somme de ses com-
posantes.

L'âge aussi est une manière de s'éloigner : on
commence à percevoir sa vie comme un tout,
qui n'est pas forcément la juxtaposition des événements qui l'ont constituée. Chacun a retenti
sur le suivant et le suivant l'a modifié en retour,
si bien qu'on ne distingue plus hier ou demain,
le commencement ou la fin de sa jeunesse, mais
un tableau global d'où commence à se dégager
une sorte de signification.

Adolescente, je me voyais très bien en jeune
fille puis en femme, en mère de quelques
enfants, professeure, puis auteure d'essais
remarqués. Je m'imaginais même morte à la

rigueur, à un âge avancé, accompagnée à ma dernière demeure par un cortège de lectrices en larmes. Je n'osais pas rêver que j'aurais des lecteurs, ayant très vite éprouvé la condescendance amusée, au mieux, que suscitait chez mes contemporains dans les années soixante toute ambition intellectuelle féminine. Mes enfants découvriraient, stupéfaits, cette gloire qu'ils n'avaient pas pressentie. Un enterrement de Sartre en tout tout petit. A ses obsèques *le peuple de Sartre* m'avait tant bouleversée! Je me contenterais d'une peuplade… d'une tribu…

— Maman avait donc tellement compté? diraient en larmes mes deux filles et mon fils, ma descendance idéale, honteux de n'avoir rien vu de mon vivant.

Mais cette adolescence à l'envers qui me mènerait à la mort et à mon assomption sans passer par le long cheminement des disgrâces du grand âge, restait une notion abstraite, une zone non répertoriée sur la carte. Je voulais mourir très âgée mais sans avoir été vieille.

C'est ainsi qu'à l'approche de mes soixante ans, pour la première fois, je n'ai plus d'âge précis. Je flotte dans une région mal définie pour un temps indéterminé, cinq ou dix ans dans le meilleur des cas, une sorte de prévieillesse comme il existe une préretraite, état où l'on peut encore prétendre à tout mais aussi tout perdre en un seul instant.

J'imagine que dans vingt ans je serai fière parfois de dire « *j'ai quatre-vingts ans, vous savez* » et que je ferai ma coquette. Il n'y a pas de quoi se vanter quand on a soixante ans. C'est l'âge du lifting qu'on n'avoue pas, des régimes aberrants censés prévenir des maux encore imaginaires. C'est l'âge où la triche devient un réflexe de survie, y compris avec soi-même. C'est grâce à ce minimum vital de mauvaise foi que je reste persuadée d'être encore en plein dans ma vie, une habitante normale de cette terre en somme, que rien ne distingue des autres. J'oublie que je ne me vois que de face et que par conséquent j'ignore la moitié des informations me concernant. Qui plus est, je fréquente ma moitié la plus avantageuse puisqu'elle inclut mon visage, cette vitrine que j'agence à ma guise. Mais je me ferais hacher plutôt que de reconnaître que je me modifie subrepticement chaque fois que je me regarde dans une glace, étirant d'un chouïa mes yeux vers les tempes, relevant d'un chouïa la commissure de mes lèvres, instillant un chouïa de séduction dans mon regard… toutes les femmes font les mêmes grimaces et se ressemblent dans les miroirs !

Vue du promontoire de mes vingt ans, la

soixantaine me paraissait bien sûr peu ragoû-
tante. Mais tellement improbable, là-bas, à
l'autre bout de la vie, que l'idée même d'y parvenir ne m'effleurait jamais. Les années arri-
vaient et repartaient à pas de loup et jusqu'à ce
jour j'avais pu feindre de ne rien remarquer de
suspect. Quand j'ai bien dormi, je suis persuadée au matin que je viens de me réveiller comme
d'habitude, c'est-à-dire normale. Et la norma-
lité, c'est une jeunesse qui ne précise pas son
âge. Jusqu'à preuve du contraire – par exemple
un type qui me laisse sa place assise dans l'au-
tobus, le salaud ! – j'y crois dur comme fer. Et
malgré les quelques menues trahisons de la mi-
vie, l'avant-garde des infirmités ne s'étant pas
encore manifestée, je tiens la barre au plus près
du malheur sans l'effleurer et sans rien lui céder
et Maurice et moi naviguons de conserve avec
nos amis et nos proches, surveillant les récifs qui
se multiplient méchamment à mesure que nous
approchons des soixantièmes rugissants. Quant
à ceux de nos amis abonnés de naissance au
désespoir, ils sont de plus en plus nombreux
aujourd'hui et ils continuent à ramper élégam-
ment dans leur délectation morose en attendant, le plus tard possible, pour se suicider ou…
pour recevoir le prix Nobel, qui n'est jamais
décerné aux gais lurons.

Mais je commence à discerner une faille dans mon savant dispositif : Brian va avoir soixante-dix ans ! Or l'amant doit rester L'AMANT. Seul un mari peut se permettre de perdre ses charmes (modérément). Bien d'autres atouts lui restent : le quotidien, si décrié, mais qui, chez Maurice, grâce à son humour, sert de liant à notre vie commune, le journal commenté ensemble chaque jour et les indignations partagées, la liberté de s'envoler pour Marrakech ou les Antilles si ça nous chante sans avoir à se bâtir un alibi...

A l'actif de Brian, bien sûr, le romantisme de la passion, l'absence de linge sale, le miracle de le retrouver aussi ardent à chaque rencontre et l'avantage de ne pas le voir se voûter un peu chaque jour, perdre une dent ou souffrir d'hémorroïdes. Dans son grand corps à la Michel-Ange rien n'a vraiment changé : sa naïveté, sa beauté, son excès d'amour pour moi, ses quarante années de fidélité à ma cause, sa façon récidiviste et juvénile de faire l'amour. Au passif un seul chiffre : 70.

Du coup, Maurice n'a plus « que » soixante-quatre ans ! N'empêche un vieillard dans ma vie, passe encore, mais deux, cela frise l'over-dose ! Surtout quand vos propres amis ont le culot de tourner aux vieillards, eux aussi, voire de mourir. Le remède ? Ne pas laisser du temps au temps, ce temps dont nous avions tant, aussi longtemps que nous pouvions le gâcher mais qui est devenu désormais une denrée périssable. Il ne faut plus perdre une occasion de rencontrer Brian, ne serait-ce que pour le soustraire à cette spirale de mort où s'enfonce Peggy et qui finira bien par l'aspirer. Divers prétextes nous ont séparés depuis près d'un an : l'accident de son fils, mon livre à finir, la dépression de Maurice, sans doute pas innocente. Je soupçonne les dépressions de n'être jamais innocentes d'ailleurs, même si elles sont involontaires. Comprenne qui voudra...

Je m'en veux d'avoir laissé Brian passer septuagénaire tout seul sous prétexte de ne pas contrarier Maurice. La crainte de faire de la peine est faite pour moitié de lâcheté. Est-ce que je mesure assez à quel point l'amour infini de Brian et la sensation avec lui de connaître un amour de légende, m'a permis d'apprécier la légèreté de Maurice, son goût qu'il sait si bien faire partager pour la vie sous toutes ses formes, sa douceur pour ne pas dire sa mollesse et puis sa chance. A partir d'une certaine récurrence, la chance n'est plus un hasard mais une qualité.

Dans une certaine mesure, nous devons à Brian notre survie en tant que couple et je lui dois d'avoir pu être deux femmes sans avoir dû en sacrifier une. La présence secrète de Séverine-Constance apaise mes remords et me permet de croire indestructible le lien qui m'unit à mon Tristan. J'ai donc pris la résolution d'aller ce printemps le rejoindre dans sa maison d'Irlande où j'ai passé sans doute les heures les plus intenses de mon existence.

Je veux juste dormir à l'abri de ses bras et faire semblant que nous allons vivre ensemble et jouir ensemble comme jamais, comme toujours. « *Let's be married one more time* », comme chante Leonard Cohen que nous écoutons désespérément. Mais peut-on écouter Cohen autrement ? Je veux juste serrer dans mes bras cet homme-là, qui est resté tant d'années embusqué au coin de ma vie, n'attendant qu'un signe pour venir la partager et revivre avec lui toutes ces échappées belles que nous nous sommes ménagées au fil des ans, sans que jamais faiblissent l'intensité de notre désir et la déchirure de chaque adieu.

Reste à en avertir Maurice qui feint régulièrement de tomber des nues. C'est le prix à payer pour mon inconduite. Il voit pourtant chaque semaine arriver les longues enveloppes de Brian ornées de sa grande écriture indécente d'autodidacte ; mais il faut lui redire chaque fois que j'en aime aussi un autre que lui, depuis la nuit des temps et pour l'éternité du temps qui nous reste. Il va me demander si Peggy est plus mal ? Comme s'il ignorait que Peggy est la garante de mon amour pour son époux : du fond de son fauteuil d'infirme, Peggy permet à Brian de croire que c'est à cause d'elle que nous n'avons jamais pu vivre ensemble. Se sentir indispensable à sa survie atténue sa culpabilité de mari infidèle et de catholique irlandais pour qui trop de plaisir volé à la vie confine forcément au péché.

C'est justement l'anniversaire de Maurice demain, ce qui me permettra d'aborder la question toujours épineuse de mes voyages en Irlande. Nous le fêtons chaque fois dans un de ces restaurants à bougies sur la table, propices aux confidences que nous ne savons plus nous faire dans la vie quotidienne.

On se plaît à croire que les liens s'approfondissent au long d'une vie commune. Les liens sans doute mais pas la connaissance de l'autre. L'habitude ankylose peu à peu la communication, et la capacité de s'éblouir s'atrophie. Et puis on bute un jour sur un mur de verre rendu opaque par les mensonges et les non-dit accumulés, les trahisons grandes ou petites, les las-

184

situdes devenues insolubles dans la tendresse et, pour finir, sur ce noyau infracassable de chacun.

C'est pourquoi nous avons besoin d'un cadre luxueux et raffiné, la bonne chère nous rapprochant utilement depuis que la chair est devenue triste entre nous, très exactement depuis la rupture avec Tania. Une rupture parfois ne résout rien. Maurice s'est découvert honteux et, pour la première fois de sa vie, désemparé d'avoir rendu deux femmes malheureuses alors qu'il comptait en combler une tout en ménageant l'autre. Or dans ce domaine, les plus savants calculs sont aussi les plus désastreux.

Nous nous sommes retrouvés ensemble certes, mais comme deux éclopés. Nous avons refait les gestes de l'amour mais l'amour, lui, ne s'est pas laissé faire. Et son absence est devenue encore moins tolérable que le chagrin ou la jalousie. Sous ma bouche la peau de Maurice n'avait plus son goût d'herbe chaude, les boucles de sa nuque n'étaient plus que des cheveux trop longs et n'attiraient plus mes doigts. La nuit, je vivais comme une bernique, collée au dos de Maurice. Il s'y était résigné et se comportait comme un rocher. M'unir de nouveau à lui me paraissait impraticable, presque obscène, plus impensable que si je ne l'avais jamais connu, ni aimé, ni fait un ou deux enfants en sa compagnie avec tant de bonheur…

Comment exprimer une horreur pareille à l'autre ?

Maurice s'était toujours montré plus sensible aux désirs des femmes qu'au sien propre. Il aimait être conquis et répugnait à livrer bataille. J'aimais ce côté féminin en lui. Je l'avais capturé au lasso autrefois et il s'était laissé faire, avec amusement. Aujourd'hui, il eût fallu user de violence, pour abattre ce mur entre nous, qui n'était pas fait de nos désaccords pourtant mais qui nous pétrifiait. Nous étions même d'accord sur Tania et je me retenais de l'appeler pour que nous parlions tous les trois de cette longue guerre dont chacun était sorti vaincu. Il est vrai que j'avais gardé Maurice, ce qui ressemblait à une victoire, mais il existe des victoires perdues. Les couples vieillissants vivent-ils tous sur les strates successives de leurs faillites et de leurs échecs, prisonniers de comportements figés ?

Nous avions repris tant bien que mal notre vitesse de croisière, réussissant souvent à être heureux grâce à notre longue habitude du bonheur. Simplement, plus rien n'était électrique entre nous. Et être éteints à soixante ans, c'est une insulte à la beauté du monde. C'est en plus un danger mortel : on a peu de chances de se rallumer à soixante-dix ans !

D'autant que Maurice allait sur ses soixante-cinq ans, mais comme on dit, il *va droit dans le mur*, car il ne me semblait pas doué pour vieillir.

Sa grâce naturelle, son aisance et ses dons multiples lui avaient permis de mener de nombreuses vies avec un égal bonheur. Ce soir-là, il commémorait plutôt la fin de ses soixante-quatre ans qu'il ne fêtait l'arrivée de sa prochaine année. Nous étions face à face dans un de ces restaurants révoltants où la carte de Madame ne comporte pas le prix des plats ; Maurice semblait résigné pour une fois à lâcher quelques bribes de vérité sur son moi secret qui restait à mes yeux aussi peu explicite que la carte du restaurant. Je savais seulement comme pour les côtes d'un rivage qui s'éloigne, que NOUS n'était plus la simple addition de TOI et MOI et que TOI et MOI ne ressemblaient plus à ceux qui s'étaient épousés trente ans plus tôt. Comme les couples qui ont bien bourlingué, nous commencions à évoquer plus volontiers notre passé que cet avenir non cartographié où soufflaient des vents inconnus.

— A ce moment de ma vie, j'avais eu un passage à vide, disait l'époux.

C'est le moment, se dit l'épouse, *où moi j'avais*

un passage à plein… Je découvrais le Donegal avec Brian, cet été-là…

— Tu ne t'en es même pas aperçue, ajoutait l'époux devant le silence de sa femme.

Il n'aurait plus manqué que ça, pensa l'épouse, *que je tombe dans le gouffre avec toi.*

— Je refusais de m'en apercevoir, dit-elle, puisque je n'avais pas l'intention de faire l'effort que tu souhaitais…

— A savoir ?

— Eh bien : rompre avec Brian par exemple et retomber plus ou moins amoureuse de toi… Le vœu de tous les maris quand ils se trouvent entre deux… affaires étrangères !

— D'abord arrête de dire Bouaïenn avec cette bouche en cul-de-poule.

— Comment voudrais-tu que je l'appelle, dit l'épouse, Maurice II ?

— C'est pas ma faute si je m'appelle Maurice, dit Maurice.

— Je t'ai proposé souvent de t'appeler Rismo. Le verlan, c'est tendance !! Et Rismo, c'est joli, non ?

— Si seulement j'étais irlandais moi aussi, ça s'écrirait Morris, ça change tout ! A propos quel âge il a maintenant, l'Irlandais ? Tu m'excuseras, son nom m'écorche la bouche…

— Tu n'as qu'à dire Briand, j'aime mieux ça

que ta bouche en cul-de-poule à toi aussi, quand tu essaies de parler anglais.

— Marion, goûte-moi ce foie gras chaud au raisin. Ici, il est sublime, tu vas voir. Et ce vosne-romanée, il est sublissime. Fut un temps où tu ne jurais que par le sénéclauze, tu te souviens ?

Son regard s'attendrit. Il adore que j'aie des lacunes.

— J'ai gardé une faiblesse pour les vins d'Algérie d'ailleurs. C'étaient les vins de nos débuts, que j'achetais chez Félix Potin, en face de chez nous. Nos débuts aussi, c'était sublissime : je ne jurais que par toi, tu te souviens ?

— Je vois la différence, dit Maurice sobrement.

— Je crains que ça ne t'ait paru plutôt pesant à l'époque… Cette femme soudain installée chez toi, avec son amour gros comme le Ritz…

— Et moi je crains de t'avoir paru d'une insoutenable légèreté…

— Mais ça continue, mon chéri. Nous avions beaucoup de raisons de nous déplaire, au fond. Je me demande si ce n'est pas le secret des couples qui durent, cette part d'incompréhensible, d'incompressible on pourrait dire, chez l'autre ; il y a toujours l'espoir de comprendre,

189

un jour! Quand je t'ai rencontré la première fois, je me souviens de m'être dit : «*En tout cas, pas celui-là! C'est le type même du vil séducteur!*»

— Pourquoi vil?

— Parce que dans ma jeunesse la séduction ne me paraissait pas… comment dirais-je… un comportement honorable! Ce n'est pas par ton charme que tu m'as eue d'ailleurs, c'est par la poésie. Tous ces vers que tu savais par cœur et ta voix pour les murmurer, un peu à la Jacques Douai. Et puis ton amour fou pour la mer, qui rejoignait le mien. En mer avec toi, je me sentais tranquille : personne ne viendrait me remplacer!

— C'est ce qu'on appelle former un équipage, mon chéri. D'ailleurs c'est en mer que je t'ai embrassée pour la première fois.

— Et les premiers vers que tu m'as dits ce jour-là, je m'en souviendrai toujours :

> *Quand nul ne la regarde*
> *la mer n'est plus la mer.*
> *Elle est ce que nous sommes*
> *lorsque nul ne nous voit.*

C'est génial parce que ça laisse rêveur. C'est le critère de la vraie poésie, il me semble. Je connaissais très mal Supervielle à l'époque.

— Il fait partie de ma panoplie de vil séducteur, avec quelques autres.

— Justement, tu t'en sers encore, j'en suis sûre ! Et je voudrais que tu me rendes quelques comptes à ce sujet. Le vosne-romanée incline aux aveux, paraît-il ! C'est à propos de *La Bûche* qu'on a vu hier...

— Ah oui, tu trouvais que je ressemblais au Sébastien du film. J'accepte la comparaison : il a un charme fou, Claude Rich ! C'est un séducteur...

— Mais pas vil du tout, lui... C'est un séducteur naïf, sans un gramme de perversité ! Ça m'a donné une idée : je voudrais qu'on se joue la scène entre Claude Rich et Françoise Fabian où il avoue toutes les amies de sa femme avec qui il a couché depuis trente ans. Moi aussi je me suis toujours demandé qui soupçonner... Alors j'ai apporté ce soir quelques agendas et je vais te proposer des noms. Et dis-toi que tu as de la chance : j'ai liquidé tous mes carnets du début. De toute façon, en ce temps-là, je ne voyais rien. C'était pas La Bûche mais La Cruche !

— Tu étais bien plus heureuse comme ça, mon poussin...

— C'était pour mon bonheur en somme ! C'est vrai que ça a marché pendant pas mal

191

d'années… Une femme crédule et pas très fûte-fûte en amour, quel cadeau pour un mec!

— On était heureux tous les deux, avoue…

— Tous les trois, tu veux dire? Et plus si affinités!

— Ecoute, ça va encore être mon procès. Tu m'aimes moins qu'avant, je le sais et peut-être l'ai-je bien cherché, mais tu es toujours aussi jalouse.

— Ça te plaît de le croire. Disons plutôt que je suis moins aveugle.

Là, un silence rendu nécessaire par les hmm extasiés devant la cassolette de cèpes sur ris de veau flambé à l'armagnac. Près de nous un couple et sa fille «montée en graine», comme ma mère disait cruellement dans ma jeunesse, de celles qui n'avaient pas convolé à la fleur de l'âge, fût-ce avec un sinistre barbon. Qu'est-ce que je pouvais faire pour ne pas «monter en graine»? La question m'avait longtemps tourmentée!

A la table suivante un couple illégitime, d'âge mûr, qui attend visiblement le moment de se retrouver dans un lit. Sous la table, le bel homme à cheveux blancs enserre les genoux de sa compagne, et la dame, illuminée de plaisir, caresse le visage aimé de ses beaux vieux yeux bleus.

— Il y a vingt ans, remarque Maurice, je ne crois pas que des gens âgés auraient osé s'afficher comme ça dans un restaurant.

— On n'avait pas le droit d'être à la fois vieux et incorrect en public… avant 68, disons. On était tout de suite un vieux cochon. On ne dit jamais un jeune cochon…

— La libération des mœurs n'a pas concerné que les jeunes, heureusement.

— A propos de vieux, est-ce que je t'ai dit que les parents étaient rentrés de leur croisière au Vietnam ? Et pas trop contents, il me semble.

— C'était une très mauvaise idée, ce voyage. Ça ne pouvait pas plaire à Adrien d'être parqué dans un voyage organisé.

— Oui mais qu'est-ce que tu veux qu'ils fassent ? Ils ne sont plus en état de naviguer avec Xavier. Ils n'ont pas de maison vraiment à eux, alors aller dans un hôtel tous les deux à la Guadeloupe ? Ce ne serait pas drôle pour Alice. Papa ne va pas bien, tu sais…

— Marion, le problème, ce n'est pas la Guadeloupe ou le Vietnam. Le problème, c'est qu'ils aient quatre-vingts ans ! Où qu'ils aillent ! Et leurs amis aussi ! Quand ils ne sont pas déjà morts. Alice avait sa sœur avant mais maintenant Nina est plombée par le Parkinson de Victor. A partir d'un certain âge, on ne tombe pas malade tout seul, dans un couple !

— C'est affreux ce que tu dis, Maurice, passons à des choses plus gaies. Tiens, je sors un carnet, au hasard.

— Je trouve que c'est très indélicat vis-à-vis de tes amies. Je ne peux pas te livrer tous ces noms en pâture.

— Ah, parce qu'il y en a tant que ça ? Tu avoues...

— Tu risquerais de n'avoir plus personne dans ton agenda, ma pauvre chérie...

— S'il fallait que je me brouille avec toutes les femmes que tu as caressées... Mais finalement j'aime encore mieux avoir la liste de tes maîtresses que celle de nos amis disparus. Tu as vu, ça commence à se clairsemer depuis quelque temps quand on met son agenda à jour, chaque année ? Le précédent est à jeter au feu comme la moitié des gens qui étaient dedans ! Allez, Maurice. Pour une fois, dis-moi la vérité : Ginette Boulier, par exemple ?

Rismo lève les yeux au ciel.

— D'accord, elle pèse quatre-vingt-cinq kilos ! Bon, mais Michèle Bouvreuil ? Et Andrée Chausson ? Et Christiane Dedieu ? Celle-là, je le sais déjà. Et sa sœur Colette, tiens, tiens ?

— Jamais toute seule : toutes les deux ensemble, en sandwich.

— Très drôle. Je sens que mon enquête est mal partie. Il y en a une, je voudrais vraiment savoir... si elle a eu le toupet de te branler sous mon nez : je passe à la lettre G. Tu vois qui je vais te proposer, évidemment...

— A « G », j'en vois trois possibles.

— Bon, comme d'habitude tu es monstrueux de fatuité et de duplicité. Comme Reiser dans *Charlie Hebdo* en somme : « *Toutes des salopes, sauf maman...* »

— Et toi, dans quelle catégorie tu te ranges, mon ange ?

— Heureusement que je ne suis pas restée une sainte ; je serais morte martyre !

— Toi, tu es la Femme du grand Amour, d'accord. Simplement tu en as plusieurs. Rien n'est facile, tu sais.

— Surtout quand tu t'ingénies à retourner la situation ! C'est mon procès maintenant...

Rismo consulte la carte des desserts dans l'espoir d'échapper aux sables mouvants des sentiments où il ne s'aventure qu'en de rares occasions.

— Mais dis-moi, en fait de grand amour, il y a longtemps que tu ne l'as pas revu, ce pauvre Bouaïenn ? Sa femme est plus mal ?

195

– Non, pareil. Aussi mal qu'on peut aller avec une sclérose latérale amyotrophique. Evo lutive, bien sûr. Et évoluer, ça ne veut jamais dire régresser, avec cette saloperie.

— Rien que le nom de cette maladie est une saloperie.

— Elle va faire un séjour comme chaque année dans un institut spécialisé, genre thalasso. Alors Brian me propose de passer dix jours avec lui dans sa maison du Kerry, en avril. Je crois que je vais y aller. Tu m'as dit qu'en avril tu aimerais aller naviguer avec Xavier aux Grena-dines. Quand il a des clients, tu sais que je n'aime pas tellement être à bord. Toi, tu tiens la barre, tu navigues... mais moi, on oublie que je sais barrer aussi et garder un cap ou border une voile et je me retrouve dans un rôle de bonne femme, que je joue déjà à Paris... C'est moins dépaysant...

— Moins grisant que d'être dans les bras de Brian, surtout, ne cherche pas d'excuse.

— Je ne cherche pas d'excuse, il n'y en a pas. Mais tu dois imaginer qu'il mène une vie éprou-vante face à cette grande malade que tout le monde sait incurable depuis tant d'années.

— Je mène une vie éprouvante moi aussi, à certains égards.

— N'exagérons pas... Quand je suis avec

toi, je suis avec toi, tu le sais. Et c'est tout de même la plus grande partie de la vie! On a des enfants, des amis communs, une vie commune… C'est nous, le couple!

— Et Peggy, à propos, qu'est-ce qu'elle en dit?

— Elle sait très bien ce qui se passe depuis le début. Il ne sait pas mentir, le pauvre.

— Moi non plus : je ne mens pas, j'élude, dit Maurice en esquissant une élégante volute de la main.

— Je me demande si c'est pas pire? Tu vois, l'affaire Tania, si j'avais su plus tôt, je ne me serais pas épuisée à nier l'évidence, à faire la courageuse, à attendre que ce coup de folie te passe, en me privant du coup de gueule que j'aurais trouvé du dernier vulgaire, mais si bon… « *C'est elle ou c'est moi. Choisis.* » Résultat : trois blessés graves. On aurait pu être trois guéris. Après quelques contusions, d'accord… Mais tu aurais pu être très heureux aussi avec Tania, j'en suis convaincue. C'est une fille bien. Je la regrette beaucoup. Comme amie, je veux dire. Quant à moi, eh bien j'aurais fini par guérir, s'il le fallait, j'aurais eu du mal parce que je t'aime, mon amour, malgré certaines apparences, mais tu me connais. Je n'ai pas la main verte pour le malheur.

197

— Ne dis pas de conneries. Je n'ai jamais imaginé que je pourrais vivre sans toi. Jamais. A aucun moment. Tu me crois, au moins ?

— En tout cas, Tania l'a espéré, elle. Il m'est arrivé de décacheter ses lettres parfois, je le sais. J'imagine que tu éludais, là aussi.

J'esquisse à mon tour une volute qui manque de peu mon verre de nectar. Je ne sais pas éluder. Ni au propre ni au figuré.

— Tu voulais vivre avec moi, peut-être, Maurice, mais faire l'amour avec la personne qu'on aime, ça fait partie de *vivre avec elle*, non ?

— Si, dit tristement Rismo. Je ne comprends pas ce qui nous est arrivé. Il faut sans doute du temps pour pardonner à l'autre le mal qu'on lui a fait.

— Et moi, qui ai fait tant d'efforts pour ne pas être l'emmerdeuse dans ce ménage à trois, pour laisser nos sentiments évoluer, sans ultimatum, eh bien je t'en veux aussi, maintenant C'est gai ! On perd sur tous les tableaux, en somme ?

— Tout ce que je peux te dire c'est : *je t'aime encore, tu sais, je t'ai-ai-me*, fredonne-t-il de sa voix émouvante en me prenant la main tendrement. Il vient beaucoup de toi, ce recul, tu ne crois pas ?

— Peut-être mais *je t'aime encore*, ce n'est plus tout à fait *je t'aime*... tu ne crois pas?

— Ce sont les paroles de la chanson de Brel, pas les miennes. Je ne sais pas comment tu le vis mais moi je trouve ça contre nature que nous n'ayons plus de relations.... disons sexuelles, alors que nous avons des relations... disons amoureuses.

— Anormal, je ne sais pas. Je trouve ça surtout triste d'être là comme une souche à côté de toi, tout recroquevillé... et personne ne bronche, comme si on avait peur.

— Mais on A peur. Le sexe, c'est tellement capricieux et... volatil, je dirais... Pourquoi on cesse de désirer dans son corps alors qu'on désire dans sa tête?

— Vaste problème, comme disait de Gaulle!

— Tiens, Marion, tu devrais demander un café irlandais, je suis sûr qu'ils le font correctement ici. Sans cerise sur le dessus et sans paille. J'aime bien quand tu bois : ça t'humanise!

— Tu trouves que je suis dure, moi? Je me reproche toujours d'être lâche, avec les hommes, avec nos filles... avec mes élèves quand j'enseignais.

— Dure, c'est pas le mot. Tu es même très tendre, mais dans le fond, tu es un roc. Ça fait peur, parfois. Et tu vois, je me souviendrai toujours de la première fois qu'on a fait l'amour ensemble : c'était à Vars, aux sports d'hiver. Je t'ai retrouvée couverte de larmes après et ça m'a bouleversé, venant de toi, justement.

— Je découvrais... je ne dirais pas l'orgasme, ça je l'avais effleuré par-ci par-là. Mais quelque chose de beaucoup moins épisodique, quelque chose comme une fonte de tous mes glaciers. Je n'étais pas réfugiée en moi-même pour une fois, je me sentais complètement mêlée à toi comme si nos frontières d'homme et de femme s'étaient effacées... On n'était plus monsieur Truc et madame Machin qui baisent... C'était la plus belle chose de la terre qui nous arrivait. Une chose bouleversante ! A pleurer... Voilà !

— Comment on a fait pour perdre la notice ?

— Tu sais, on en parle souvent avec mes amies ou dans les groupes de femmes où je vais quelquefois. Les hommes n'aiment pas aborder ces questions-là. Mais c'est fou ce qu'il existe de couples mariés depuis vingt ans ou même beaucoup moins et qui ne font presque plus l'amour. Ou même plus du tout ! On ne le sait pas parce que les gens mentent là-dessus, tous. Tu as vu ces temps-ci l'enquête sur les couples japonais... Il en ressort que 40 % des Japonais

mariés, passées les premières années, n'ont plus
du tout de relations sexuelles !

— Est-ce qu'ils en ont ailleurs ?

— Ça, ils ne le disent pas, mais de toute
façon, ils mentiraient ! En fait, on ne sait RIEN
de la vie sexuelle des autres. On ne comprend
même pas la sienne, bien souvent !

— Ça n'est pas fait pour être compris. Heureusement.

— Tu as raison mais c'est ça qui me fait peur
justement. Je ne t'ai peut-être jamais compris ?
Je me demande si tu as jamais été vraiment heureux ? Moi je suis très souvent très heureuse. Je
t'avais pris pour un type si gai au début. Je me
trompais. C'était de l'humour, le contraire de la
gaieté. Tu aimes les choses de la vie, pas la vie.
Tu adores marivauder, minauder, batifoler,
mais ça c'est de l'ordre de la parade amoureuse.
Dans le quotidien, tu es distant, secret, presque
froid. Tu ne me prends jamais le bras par
exemple dans la rue. Et on ne se promène jamais
la main dans la main. Quelle horreur d'ailleurs,
je détesterais ! On transpire et on n'ose pas
décrocher. Tu n'embrasses pas souvent, pour
rien, comme ça, dans un élan de tendresse… Tu
n'éclates jamais de rire, tu ricanes !

— C'est mon anniversaire, mais c'est pas ma
fête, ce soir, décidément. Tu sais que je répugne

à parler de moi et encore plus que les autres m'en parlent.

— C'est un tour de force de vivre avec un bonhomme dans ces conditions, tu l'avoueras. Mon homme, cet inconnu !

— Dis-moi plutôt ce que tu m'offres cette année pour mon anniversaire, en dehors de l'annonce de ton voyage en Irlande ?

— Un arbre.

— Quoi ?

— Je l'ai déjà fait mettre en jauge à Kerdruc. Je le planterai à la Toussaint. C'est un cerisier autumnalis. Il fleurit tout l'hiver. C'est pas merveilleux ?

Maurice rigole silencieusement, à sa manière.

— Tu as le don de toujours me faire des cadeaux qui te plaisent à toi !

— Peut-être parce que tu ne me les fais pas, mon Bicotin ! Mais tu te plains toujours qu'entre la dernière rose et le premier camélia en Bretagne il n'y ait rien. J'espère que désormais tu auras des fleurs blanches en janvier devant ton bureau ! Mais rassure-toi, tu as autre chose qui t'attend à la maison ; Amélie et Séverine l'ont choisi avec moi. On t'aime en couleurs un peu vives. Alors c'est un blouson rouge foncé, en cuir et laine, très style british, tu verras. Avec un pantalon gris et des cheveux gris, tu seras very sexy indeed! Si j'étais logique, je t'aurais acheté un bon gros duffle-coat beige comme il y a vingt ans... Je serais plus tranquille...

— Tu sais bien que je ne le mettrais jamais! Je m'achèterais un pardessus cachemire gorge-de-pigeon, comme j'avais quand je t'ai rencontrée et que tu détestais, tu te souviens?

— Tu avais l'air d'un dandy mauvais genre, avec des crans luisants de gomina et l'air avantageux... l'horreur! Tu ressemblais à Henri Garat! Maman m'avait prévenue : tu ne feras jamais le poids face à un homme comme ça! Et deux mois plus tard, je tombais amoureuse de toi! C'est monstrueux, l'amour!

— Oui, mon amour, je trouve aussi! Et nous avons tous les deux de bonnes raisons pour ça. Allez, je te prends le bras ce soir pour rentrer à la maison. Tout arrive, tu vois...

XI

Contre les enfants

Ça s'appellera tout simplement : «Contre les enfants». Et je le publierai si possible chez Denoël dans la série «Contre la plèbe», «Contre le mariage», «Contre l'amour», ou «Contre la jeunesse», qui a connu un certain succès ces dernières années. Mais mon pamphlet à moi sera très mal reçu, car on ne peut dire du mal ni des enfants ni des chiens dans notre société. Et même un article humoristique sur ce sujet me sera refusé à *Nous, les Femmes*. Être une mauvaise mère, passe encore : on lui trouve des excuses et un psy vient expliquer doctement l'ambiguïté des sentiments maternels. En revanche, être une méchante grand-mère est impardonnable et pour une arrière-grand-mère, c'est proprement monstrueux. Mais j'ai fait dans ma vie tant d'articles bien-pensants pour tant de magazines féminins que je ressens l'urgence maintenant d'écrire vraiment ce que j'en suis venue à penser, l'âge aidant. Une Minou Drouet à l'envers, en somme…

Une semaine de cohabitation entre deux grand-mères libérées, modernes, et qui se croyaient intelligentes, et leurs deux petits descendants, me laisse en effet consternée.

Une des tristesses de l'âge, c'est de s'apercevoir que les pires traditions, les préjugés les plus révoltants, les comportements les plus condamnables et qui ont été brillamment condamnés depuis trente ans par des sociologues et des psys de toutes obédiences, survivent à tout imperturbablement.

Nous avons enfoncé un coin dans la forteresse, certes, mais elle reste debout, désespérante, défiant les siècles et les révolutions. Le combat de ma génération (faudrait-il dire l'utopie?), qui a en gros couvert le XXe siècle, c'était l'égalité des sexes et je croyais profondes et irréversibles et indiscutables toutes nos avancées sociales, morales, politiques qui, au moins en Occident, me semblaient avoir bouleversé la vie des femmes, les relations entre hommes et femmes, et jusqu'aux rapports sexuels pour la première fois au monde. Pauvre Alice!

Toutes les utopies des siècles passés se sont

effondrées. Le plus souvent dans l'horreur. Et aucune des religions n'a résolu le moindre problème humain ou n'est venue à bout de la moindre injustice, au contraire, même si toutes au départ étaient généreuses et porteuses de tant d'espoir.

L'échec des grandes théories, c'est souvent dans la vie quotidienne qu'on le constate le plus clairement. Voir réapparaître chez des mômes de sept ou huit ans les schémas des relations Homme/Femme les plus éculées me désespère. Est-ce à dire que c'est foutu ? Je me refuse à l'admettre. Mais voilà que le deuxième millénaire va s'achever et entre deux petits exemplaires qui vivront au troisième millénaire, Valentin, mon arrière-petit-fils, et Zoé, la petite-fille d'Hélène, les rôles sont déjà distribués selon les vieilles recettes, comme si tous nos beaux discours n'avaient laissé aucune trace.

Si, en fait, quelque chose a changé, pour le pire : nos enfants et plus encore nos petits-enfants sont nos égaux maintenant, pour ne pas dire nos maîtres ! Ils ont retenu le moins bon de 68 : l'insolence, la déconsidération des pouvoirs établis, la violence et l'autosatisfaction. Mais l'espoir est increvable, remontant comme les vagues de la mer à l'assaut des mêmes rochers. Et, contrairement aux appa-

207

rences, ce sont un jour les rochers qui céderont. Un jour... Si j'en doutais, la vie ne vaudrait pas d'être vécue.

En attendant, ma sœur et moi, pleines d'espoir et de bonnes résolutions, nous préparions à vivre une semaine de grand-mères modèles avec les deux petits êtres qu'on nous avait confiés. Nous leur ferions des frites tous les jours, nous jouerions à la Bataille et perdrions toutes les parties sauf deux ou trois pour rester crédibles ; nous irions nous asseoir au Poney Club avec plein d'autres mamans et grand-mamans ennuyeuses comme la pluie (pas un papa dans ces endroits-là ! Pas si bêtes !) ; le soir nous leur lirions à tour de rôle *Cendrillon* ou *le Petit Poucet* en imitant la voix de l'ogre et en espérant les endormir avant le nième conte de Perrault ; et enfin nous mangerions courageusement les crumbles et fondants au chocolat ou ce qui en resterait après divers ratages, chutes et bris de récipients, cuissons proches de l'incinération et échantillons gluants sur le carrelage de chacun des ingrédients utilisés.

Je me réjouissais de me retrouver avec Hélène. Je la voyais dépérir depuis qu'elle était à Saint-John-Perse avec Victor. Elle n'avait pas choisi son sacerdoce d'assistante médicale auprès de son mari, non déclarée, ne cotisant à rien, inconnue dans le monde du travail. Et voilà qu'une retraite prématurée lui était imposée du fait de la maladie de Victor. Elle avait bien tenté de reprendre ses pinceaux mais ce qui avait été sa vocation à vingt ans, ressemblait maintenant à un passe-temps de vieille dame. Victor n'en prenait pas ombrage et même l'encourageait gentiment. C'était mauvais signe. Le seul service qu'il eût pu lui rendre aurait été d'avoir un bon infarctus. Il s'en gardait bien. Je comptais au moins la faire rire. Il faut avoir bénéficié d'une sœur pour savoir ce que sont ces fous rires, contractés dans l'enfance et qui se prolongent au-delà du raisonnable. Quand un accès se déclarait chez nous, pour des motifs toujours inexplicables, nos deux époux restaient médusés, à contempler ces deux dames plus que mûres secouées de tornades de rires incoercibles mêlés de larmes, auxquelles elles ne parvenaient pas à mettre fin. Il suffisait de se regarder pour repartir de plus belle et s'arrêter enfin, euphoriques et épuisées comme après un marathon.

Je me réjouissais aussi de me retrouver à Kerdruc, dans la petite chaumière de Marion, les pieds dans l'eau et la marée venant frôler le muret du jardin, ayant toujours rêvé de posséder un morceau de lande bretonne bien à moi Dans la crèche, qui servait autrefois d'abri au cochon, Marion et Maurice nous avaient aménagé un petit refuge pour deux personnes où nous venions souvent hors saison respirer l'iode et l'odeur du goémon.

Si je n'ai jamais réussi à acheter le moindre arpent de terre en Bretagne, c'est que dans mon enfance et ma jeunesse, entre 1915 et 1940, c'était le temps des « tantes Jeanne » et des grands-parents qui possédaient des propriétés familiales et les vertus domestiques afférentes. Ils trouvaient normal et inhérent à leur statut de rassembler chaque année enfants et petits-enfants pour les petites et grandes vacances qui duraient trois mois en ces temps bénis.

Personne ne songeait encore à Djerba, à Corfou ou au Club Med. Les vacances, c'était revenir chaque année dans les mêmes lieux, pour retrouver la même bande d'amis, et y grandir sous la férule d'une grand-maman à ruban noir autour du cou qui n'allait jamais à la plage, et d'un grand-père bourru qu'on n'aurait pas osé appeler Pépé.

L'on jouait entre cousins avec des tantes et oncles rassurants qui restaient les mêmes au long des années car on divorçait rarement avant la guerre, à des jeux qui restaient les mêmes aussi, au croquet, au crapaud ou aux boules, dans des allées sagement bordées de buis, voire au tennis dans les familles les plus aisées qui entretenaient un terrain dans le parc, que les enfants « roulaient » le soir quand il avait plu.

Sur les plages, chaque famille possédait sa cabine de bains, grise en général, repaire d'adolescents en attente de leur premier baiser-avec-la-langue, reçu avec un dégoût concupiscent et refuge des petites filles qui s'y déshabillaient en guettant avec terreur leur premier poil ou la pastille dure qui apparaîtrait sous un mamelon et qu'il faudrait dissimuler aux garçons, comme la peste.

La défaite de 1940 et la longue Occupation avec interdiction d'accéder aux côtes, ont vu disparaître cabines de bains, villas cossues et grand-mères dévouées, « Bons Enfants » et « Petites Filles modèles » inspirés de la comtesse de Ségur, née Rostopchine. Aujourd'hui, les femmes travaillent, même les grand-mères, et les familles se sont dispersées comme un sac de billes que l'on jette. C'est tout juste si les enfants d'Hélène et les miens se croisaient le jour de Noël. Je n'aimais pas Victor et c'était réciproque. Il n'avait pas grande estime pour Adrien ni pour Xavier à qui il reprochait de ne pas faire un « vrai métier ». Ses deux fils, eux, avaient fait leur Droit. Lui aimait la montagne et l'escalade, nous la mer et le bateau. Quant à

Hélène, il était difficile de savoir ce qu'elle aurait choisi de faire dans la vie si on l'avait consultée... Mais nous gardions toutes les deux la nostalgie de notre enfance concarnoise et nous réjouissions d'aller revoir « notre » Villa Ty Bugalé, même transformée en hôtel et amputée de son jardin au profit d'un condominium de six étages avec terrasses triangulaires, et plus encore de retrouver chaque rocher de la plage dite « des Dames » parce qu'elle était réservée aux habitants des villas et déconseillée aux sardinières en sabots des usines voisines. Cette plage où je pêchais encore des hippocampes parfois dans les mares, pendant les années vingt, quand j'espérais devenir zoologiste comme mon grand-père Deyrolle, ne m'étant pas aperçue que je n'étais qu'une fille et qu'on m'orienterait vers des études plus féminines, les Lettres ou l'Histoire de l'art...

S'il faisait beau, dès le premier jour nous irions à la plage. Si le ciel était gris comme un menhir, nous irions voir les alignements de Carnac! Il semble que Jean-Jacques Aillagon, le ministre de la Culture, ait eu le réflexe de bloquer « la modernisation du site ». Les travaux prévoyaient une mise en cage des mégalithes, destinée à les protéger des privautés des touristes et un passage obligé par une allée de boutiques où des guides déguisés en druides expliqueraient aux millions de visiteurs annuels qu'attire cette attraction... comment ont été dressés ces menhirs il y a trois mille ans, ce qui est inexplicable justement. Une commission d'experts avait déjà trouvé un nom pour ce nouvel « espace culturel » : Menhir Land ! Bonjour le mystère celte ! De là à croire que Walt Disney en personne avait conçu ce parc d'attractions, de là à disposer quelques Mickeys parmi les six cents menhirs pour que les enfants ne soient pas dépaysés...

Par bonheur ce projet s'était révélé trop coûteux.

Et puis, le premier jour, il avait fait un temps magnifique, l'option numéro 1 s'appliquait : le bord de mer.

La magie des plages tient au fait qu'on y retrouve toujours un goût d'éternité. Sur le sable, dans le doux « fschsch » des vagues, on régresse voluptueusement, se sentant relié aux premières créatures qui sortirent de l'onde amère pour vivre sur la terre ferme. Le Finistère avec son nom mythique est riche de ces plages-là et pour notre première journée j'avais choisi une crique, déserte comme doit l'être une crique. Seules quelques laminaires brunes luisaient au soleil en attendant l'onction de la prochaine vague. Le sable, couleur de rien, se dorait dans le creux des rochers et en haut de la falaise les bruyères et les ajoncs nains couvraient la lande d'un tapis jaune et violet. « Nous sommes tout près de l'aéroport de Lann Bihoué qui veut dire la lande des ajoncs en Breton », précisons-nous, soucieuses d'instruire notre progéniture.

A peine descendues sur l'étroite plage, nous installons le campement, disposant les seaux de plastique d'un vert impie, ornés de phoques orange, les arrosoirs assortis, les moules en forme de crabes, le râteau qui fait partie du lot et dont on ne se sert jamais, les pelles et le ping-pong de plage.

Sur un rocher accueillant, les maillots de rechange, les peignoirs, les chandails parce qu'il faut toujours se-munir-d'un-lainage-en-Bretagne et, à l'ombre, les bananes, galettes de Pont-Aven Traou Mad (ça veut dire « les bonnes choses » en Breton, précisons-nous, soucieuses d'instruire, etc.). « Qu'est-ce qu'on doit les emmerder », souffle Hélène, qui a raison, mais j'aime avoir tort. Sans oublier les packs de fraisinette avec paille incorporée.

Enfin, après avoir tartiné d'une crème haute protection les épaules de nos petits anges, nous nous enduisons mutuellement de l'exquise huile

214

de Chaldée qui nous laisse irisées comme des nacres. Et nous pouvons déployer les divers magazines idiots et désirables à souhait, que nous nous interdisons d'acheter le reste de l'année, tandis que nos petits anges font des pâtés autour de nous. Cela ressemble au paradis. Zoé « parce qu'il y a un garçon », a exigé de porter son bikini rose vif deux pièces. Sa chevelure à reflets cuivrés tombe à la tahitienne sur son petit corps cambré. Valentin a collé ses cheveux pour ressembler à son idole, Di Caprio, qui, à mes yeux, évoquerait plutôt un extraterrestre, ce que je me garde bien de lui dire.

Hélas, les charmes des pâtés de sable s'épuisent vite et il est bien plus amusant d'étudier les effets de la gravitation en lançant des poignées de sable en l'air, à notre vent, bien sûr. Au troisième arrivage, nous nous arrachons à nos lectures pour nous découvrir constellées, des cheveux aux orteils, de grains de sable qui se combinent à l'huile de Chaldée pour transformer notre peau en papier de verre. Vite, s'essuyer avec la serviette de bain blanche à coquillages bleus, cadeau d'Hélène et dernier modèle d'Olivier Desforges, la maculant de traînées indélébiles. Et pas question à nos âges de nous rincer dans la mer : elle n'est encore qu'à 15° C !

— Allez jouer plus loin, il y a de la place, pourquoi faut-il que vous restiez collés à nous ? crions-nous, variante inévitable du « Où aviez-vous disparu ? Ne vous éloignez pas, la mer c'est dangereux, on veut toujours savoir où vous êtes ».

Une heure plus tard, enfin fixées sur les errances sentimentales de Delon et de Michel Sardou ou l'eczéma géant de la speakerine de la 2, nous jurons une fois de plus de ne plus nous laisser arnaquer par les titres dramatiques de ce genre de presse. Serment d'ivrogne. Une tâche nous requiert maintenant : marcher dans l'eau. Ça fait vieux, d'accord, mais nous sommes seules sur cette plage après tout et ça fait circuler la lymphe tout en ponçant les durillons plantaires et, à condition de rentrer le ventre et de tirer sur son cou tout en redressant sa colonne vertébrale, ça tient lieu d'une fastidieuse séance de gymnastique corrective. Car tout est à corriger, si on y pense, nous sommes une insulte à la perfection de l'univers et jamais plus la septuagénaire que je suis ne marchera comme Vénus parmi les vagues. Je contemple, attendrie, la beauté de nos petits elfes, qui ont l'air d'être tombés de la dernière pluie.

La plage, elle, est devenue un campement de gitans : une socquette traîne dans une mare, l'autre est partie en mer. Une pelle a été entraînée par la marée et Zoé et Valentin se battent pour la possession de l'autre qu'ils reconnaissent indubitablement pour la leur, alors que nous leur avons acheté les mêmes pour éviter ce genre de querelle! Ils ont enfilé leurs chandails mais ils se sont baignés avec et ils se disputent maintenant la deuxième banane, la première étant tombée dans le sable à peine épluchée! Pires que des goélands ou des rates en train d'accoucher, leurs cris stridents parviennent à dominer les rouleaux atlantiques. Nous recourons à la directive de plage numéro 3 : construire un fort. Quel enfant n'a pas espéré tenir tête à la marée? Mais avec une pelle de nain et trois moules, nous n'érigeons qu'une vague taupinière qui se dilue à la troisième vaguelette.

— Papa fait des châteaux forts avec des tours et des fossés autour et même un pont-levis, laisse tomber l'énergumène.

— Demain nous achèterons de vraies pelles en fer et vous allez voir : la mer n'aura qu'à bien se tenir!

Pour compléter le désenchantement, voici que déboule de la falaise une troupe d'envahisseurs beaucoup mieux équipés que nous, avec chien-loup gambadeur, mémé impotente, fauteuils de toile, parasol, nouveau-né dans une nacelle enrobée de tulle, jeunes pères impatients de jouer au foot de plage, le pire, et mamans interchangeables qui vont disposer dans ce qui reste de la crique déserte des seaux orange ornés de dauphins verts, des moules en formes de... moules, des peignoirs, des galettes de Pont-Aven et de magnifiques pelles, de fer celles-là !

Nous ne faisons pas le poids et décidons de rentrer malgré les glapissements d'usage, sous prétexte que des nuages ont envahi le ciel et en plus qu'il faut acheter le poisson pour ce soir. On a toujours tort de donner deux raisons : c'est qu'aucune n'est la bonne. Et, drame topographique : la halle au poisson jouxte le bazar « Tout pour l'enfant » ! Nous tentons bien de distraire l'attention des petits anges lors du passage dangereux, mais ils ont des yeux dans le dos, les anges ! Il ne nous reste qu'à pousser le rideau de perles et à entrer bravement... avant de reculer, épouvantées : pour les garçons, des engins guerriers si bien imités qu'on a envie de lever les mains et de se rendre sans condition ! Pour les filles, du matériel de vamp ou de servante du foyer. Tout pour Superman et Superpute !

Zoé tombe en arrêt devant le salon de coiffure avec fer à friser, séchoir miniature et bac à shampooing inclinable. Puis, cédant à l'autre tendance de la féminité, elle s'attarde devant un fourneau dont la porte s'ouvre et dont les plaques électriques chauffent pour de vrai, ce qui lui permettrait d'y disposer sa dînette et de « faire du caramel », idée fixe des enfants fascinés par la catastrophe. Nous maudissons le fabricant pervers et tirons un bord vers les miniordinateurs Nathan. C'est cher, certes, mais instructif. Valentin ricane : c'est l'ordinateur de papa qu'on veut ou rien du tout ! Zoé louche sur un poney américain avec une jupe à traîne et des cils d'almée, beaucoup plus flashy que les beaux jouets artisanaux peints à la main devant lesquels Hélène et moi nous attendrissons. Regarde ! Nous avions autrefois un jeu de Diabolo, comme celui-là, tu te souviens ? Et un camion avec des roulettes en bois et une remorque... Quant aux poupons de notre enfance, vêtus de brassières tricotées, ils ne méritent pas un regard comparés aux créatures de cauchemar, drapées de pourpre et d'or, aux sourires débiles et aux visages de connes sous des chevelures métallisées.

— C'est comme ça que tu voudrais être plus tard ? demande Hélène à Zoé.

Sourire extatique de la petite fille.

Il faut se rendre à l'évidence : les Américains

219

ont un sens commercial aussi cynique qu'ai-
guisé, basé sur des études de marché confiées
à des cracks du M.I.T. et ils ont su deviner (ou
les ont-ils plutôt suscités?) les goûts clinquants
et vulgaires de tout enfant et sa fidélité aux sté-
réotypes les plus désolants de la différence des
sexes. En tout cas, ils ont fabriqué à bas prix et
sans le moindre souci d'esthétique les exactes
horreurs que nos petits anges adoreront au premier coup d'œil, réclameront à cor et à cri et
obtiendront, au terme de longs marchandages
et de gueules de martyr, de parents à bout de
résistance.

Entrées pour acquérir un magnifique cerf-
volant japonais qui n'amuse que nous, et «le
Lego qui développe la créativité», nous sortons
avec le poney mauve à crinière platinée, très
cher, et une nième panoplie de l'increvable
Zorro.

— Veux-tu me dire à quoi cet animal va te
servir? demande Hélène à sa petite-fille.

— A jouer, répond-elle, péremptoire.

Tandis que nous quittons le magasin, deux
jolies jeunes mères, accent du Midi, queues-de-
cheval et miniminirobes, y pénètrent avec
quatre moutards d'une dizaine d'années dont
une petite femelle déguisée en organe sexuel à
pattes : jupette noire moulant ses petites fesses

bombées, bas de dentelle noire, sandales com-
pensées et chandail à trou-trous dégageant
une épaule. Prépute comme on dit prédélin-
quant. Pauvre petite Barbie installée dans le
rôle de celle qui se fera violer un jour prochain
dans le Café des Jules ! A quoi pensent les mères,
poussant elles-mêmes leurs filles dans le piège ?
Et d'où vient cette prédisposition féminine à la
victimisation que je vois déjà à l'œuvre chez
Zoé, que Valentin, déjà prédateur, poursuit de
ses bisous tout au long de la soirée ?

— Ça recommence ? Si tu crois que c'est
drôle qu'on vous embête tout le temps !

Zoé prend un air exténué et Valentin
redouble d'agaceries. En somme, c'est toujours
le règne de « Si tu ne m'aimes pas, je t'aime ».
Pauvre Simone de Beauvoir et minable Alice
Trajan !

— Mais enfin, Hélène, à six mois Zoé était
normale, non ?

Hélène refuse de répondre mais j'adore l'as-
ticoter. A un an encore, Valentin aussi était
normal. Qu'est-ce qui leur arrive après ? C'est la
société qui fabrique ces mâles prétentieux et
ces femelles idiotes ?

— Fiche-moi la paix, Alice, et regarde : il a
l'œil creux, ce saint-pierre, non ? On ferait

mieux de prendre la barbue. Il n'y a pas d'arêtes pour les enfants.

— Nous sommes tous complices en prenant l'insolence et la brutalité d'un garçon pour une preuve de virilité et les minauderies d'une petite fille pour le signe qu'elle sera une Vraie Femme, donc une séductrice !

— Et toi, une vraie emmerdeuse, ma chère sœur. Allez : Je prends cette barbue et puis des fraises de Plougastel. C'est mon jour de faire les courses, aujourd'hui, mais je remarque que toi c'est toujours ton jour de faire cours... Et ton cours, je le connais par cœur, je te signale...

Au fond, je ne sais pas ce qui m'irrite le plus : les petits chefs ou les petites putes ? pense Alice. Mais les vieux chefs, c'est encore pire ! Ça, elle ne le dira pas, car Hélène penserait forcément à Victor. Et comme elle n'a plus le choix de changer de chef, et qu'un Parkinson, ça peut durer longtemps, à quoi bon ?

XII

Les premiers vivants

Aussi longtemps qu'ils étaient en vie, tous les deux, nous restions « les enfants », Xavier et moi. Ces premiers vivants que sont les parents nous masquaient le néant ; nous marchions tranquilles, sans avoir le vertige. C'était comme s'ils nous tenaient encore par la main. Maintenant, il va falloir avancer sans garde-fou. Maintenant que Papa est mort. Et soudain Maman aussi semble être redevenue une petite fille. Elle ne représente plus le couple, ni même la moitié du couple ; avec la disparition d'Adrien, le couple est mort tout entier. Il reste Alice, échouée sur un rocher, seule comme une mouette en hiver.

Xavier avait pu revenir à temps heureusement, car Adrien mourait tout doucement, comme un arbre à demi entamé par la faucheuse et qui s'abat au ralenti à mesure que ses fibres

lâchent une à une. Il avait reconnu Xavier
pourtant, avec ce triomphe dans le regard que
suscite toujours l'apparition du Fils pour ses
parents, la seule descendance véritable, l'héri-
tier, le mâle, celui qui sauvera le nom. Trop de
siècles, trop de civilisations l'ont intrônisé pour
que les filles lui ravissent jamais cette couronne,
quels que soient l'amour ou même la préférence
dont elles ont pu jouir. Je voudrais me tromper
mais le regard d'Adrien et la fierté d'Alice
devant leur garçon me tordent un peu le cœur.

Dans une famille, la mort déplace toutes
les lignes de force. La Terre a tremblé et le
paysage va se remodeler peu à peu, chacun va
se chercher un nouvel équilibre. Je découvre
à cette occasion l'importance des faibles. Ce ne
sont pas forcément ceux qui font du bruit et
occupent l'espace qui sont les pièces essentielles.
Leur dominance a besoin de ce matériau mal
défini qu'est la fragilité de l'autre pour se
déployer. En vieillissant, le faible devient aussi
indispensable que le fort à la survie d'un couple.

Nous avions si peu vécu ensemble sous forme
d'adultes, Xavier et moi, que c'est notre intimité
enfantine qui resurgissait d'elle-même entre
nous. Le chagrin aussi fait régresser et devant le
corps de notre père nous avons pleuré dans les
bras l'un de l'autre comme de petits enfants.

Pour combler les vides de l'absence, je lui racontais ma vie, celle d'Alice, tout ce qui se perd en route quand on vit à 4 000 kilomètres l'un de l'autre.

— Je ne donnais pas cher de votre couple, il y a une dizaine d'années, m'avoue mon frère. Maurice a une âme de nomade, ça n'a pas dû être facile tous les jours…

— Non, mais en même temps il me surprend sans cesse par son humour, sa liberté de jugement, sa façon d'accepter les autres, finalement. Il m'a horrifiée parfois mais je ne lui ai jamais vu une pensée basse ou mesquine. A la longue, quand on vit à deux, c'est précieux de se respecter.

— Et tu n'es pas commode, toi non plus. Tu vas ton chemin et tu te fous du reste. J'en sais quelque chose.

— C'est vrai. Mais on a partagé tellement de moments merveilleux avec Maurice. Avoir une passion en commun, c'est essentiel. En bateau, on formait un « équipage », comme il dit souvent. On partageait le même enthousiasme, on s'embrassait dans les embruns, on redevenait de jeunes amoureux comme par miracle. A terre, on retrouvait nos problèmes. Mais bon.

— Ce que j'admire en toi, c'est que tu sois en même temps un marin, une jardinière, une

225

cuisinière, une historienne… Combien de féministes ont tué en elles l'ange du foyer, comme le recommandait Virginia Woolf, et ne l'ont remplacé par rien! Vous m'avez réconcilié avec le féminisme, Alice et toi!

— Pourquoi? Tu étais brouillé? Encore des idées toutes faites, mon pauvre Xavier. Moi je connais beaucoup de bonnes femmes très emmerdantes et qui ne sont même pas féministes, et qui font très mal la cuisine en plus!

— A propos, je rêve de me régaler de ton homard grillé, Marion, nappé d'un beurre malaxé avec beaucoup de persil, de poivre et d'un verre de Ricard, je crois… J'en ai un souvenir ému!

Justement Xavier rêvait aussi de revoir Kerdruc avant de regagner son Atlantique sud, et Concarneau où, tout enfant, il avait contracté pour la vie le virus de l'eau salée. Nous espérions aussi y emmener Alice quelque temps mais elle déclina notre invitation. C'est auprès d'Hélène, à Cannes, qu'elle souhaitait se réfugier, expliquant que c'est entre frères et sœurs, quand on a la chance d'en avoir, qu'on apprend le mieux à faire le deuil d'un parent ou d'un conjoint. Eux seuls sont dépositaires de la même tranche de mémoire familiale. La mort des parents ne devient définitive que le jour où leurs enfants ne sont plus là pour les évoquer. Alors la mémoire de ce qu'ils étaient vraiment s'abolit. Ils survivront, brumeux, dans les souvenirs de leurs petits-enfants, qui ne les auront connus que vieux.

Si fort qu'elle nous ait aimés, Xavier et moi, si attachée de toute son énergie à la lutte, qui se confond pour elle avec la vie, Alice se laissait aspirer peu à peu par le néant que sécrétait Adrien. «Il consent», me disait Maurice. Je connaissais ce terme magnifique, émouvant parce qu'il donne une âme aux choses, aux coques, aux gréements, aux ferrures d'un bateau qui, après avoir tenu tête aux assauts d'une tempête, commence à céder, à «consentir».

Se laissaient-ils volontairement distancer? Les avions-nous un peu poussés, avec cette santé insolente des vivants qui ne savent pas calculer la limite des forces humaines? Personne ne saurait le dire mais nous nous apercevions avec horreur, Maurice et moi, que nous ne vivions plus sur la même planète qu'eux. Nous franchissions une frontière pour leur rendre visite et nous éprouvions en les quittant le lâche soulagement de ces voyageurs qui revenaient d'un pays de l'Est avant la chute du Mur. Ouf! Nous nous retrouvions du bon côté et le ciel semblait plus bleu soudain.

Papa ne luttait plus les derniers jours. Il gardait les yeux ouverts mais il n'y avait plus personne dedans. Alice, elle, nous regardait partir comme le naufragé qui voit disparaître sa bouée mais elle nous souriait toujours vaillamment.

Heureusement, avec les années, elle s'était enracinée à Kerdruc où elle pouvait vivre chez elle tout en étant chez nous. D'autant mieux qu'elle a toujours entretenu avec Maurice une affection qui confine au sentiment amoureux. C'est le type de rapport qu'il excelle à susciter chez les femmes, ne faisant aucune discrimination concernant leur âge, leur milieu social ou leur beauté. Il ne traite jamais Alice avec ce respect factice réservé aux belles-mères, mais comme une femme tout simplement, dont les idées, le caractère lui plaisent. Ce qu'elle apprécie hautement. Je ne lui donne pas quinze jours en revanche pour voler dans les plumes de Victor, tout déplumé qu'il soit.

Maurice compte nous rejoindre, Xavier et moi, la semaine prochaine pour fêter mon anniversaire à Pont-Aven, au Moulin de Rosmadec où mes parents fêtaient déjà le leur dans leur jeunesse. Ce sera une façon encore de leur être fidèles. Mais les rituels se doivent de préserver méticuleusement leur cérémonial sous peine de perdre toute signification. Entre les beaux vieux meubles de cet ancien moulin, près de l'immense cheminée où brûle tout l'hiver un feu de bois, sous les tableaux de Guillou, d'Emile Compard ou de Mathurin Méheut, nous commanderons le même dîner traditionnel.

— Et qu'est-ce que tu t'offres cette année pour ton anniversaire ? demande Maurice. Un ginkgo biloba ou un liquidambar, pour rester fidèle à toi-même ?

— Je ne suis pas assez folle pour installer dans un jardin de trois ares et quatre-vingts centiares des arbres qui auront cinq mètres d'envergure dans cinq ans ! Non, je vais te surprendre, Maurice, et m'offrir un cadeau qui ne te plaira pas du tout, et que j'ose à peine t'avouer : un lifting ! J'ai l'âge, tu ne crois pas ? Qu'est-ce que tu en penses ?

— Du mal, tu le sais bien.

— C'est drôle, les maris sont toujours contre ! La plupart trouvent leur femme « très bien comme ça ».

— Peut-être parce qu'ils savent pertinemment qu'un lifting n'est pas fait dans l'unique but de leur plaire, suggère perfidement Xavier.

— C'est juste. Un lifting, c'est fait pour l'aventure en général, pour un amant à la

229

rigueur, mais avant tout, c'est fait contre. Contre l'âge qu'on a. Quel qu'il soit !

— Surtout vous n'en parlez à personne, tous les deux. Je ne le dirai qu'à Maman. A mes filles, pas tout de suite. Et à mes petites-filles sûrement pas. Les jeunes aimeraient un monde bien ordonné où les vieux seraient reconnaissables à leurs cheveux blancs et où les sexagénaires ne courraient plus le guilledou. Ils vous enterrent sans vous demander votre avis et trouvent immoral qu'une grand-mère, qu'ils ont dans leur tête gentiment condamnée à mort et, en attendant, à la privation de jouissance, refuse de jouer les mamies. Ils jugent indécent qu'elle recherche encore des plaisirs…

— Moi, ce n'est pas un jugement moral, tu le sais. Mais je me demande pourquoi tu le fais. Tu es formidable pour ton âge, tout le monde le dit.

— Tu as dit la phrase fatale, Maurice : « Pour mon âge ! » Je veux être formidable tout court. C'est si beau, un cou d'arbuste au lieu d'une vieille serpillière !

— C'est vrai qu'avec un éclairage tamisé comme ici, tu es « formidable tout court », Marion, intervient Xavier.

— D'accord mais on ne peut pas vivre sans arrêt dans la pénombre ! Et puis j'ai encore

l'occasion de rajeunir vraiment, à mon âge justement… Au second lift, on ravale la façade, on
replâtre, mais on ne vous rend pas votre jeunesse. On vous en fait une autre…

— Je suis d'autant plus pour, ma chère
sœur, que – et je ne l'avais jamais dit à per
sonne – il y a un an ou deux je me suis fait enlever les poches que j'avais sous les yeux. Trop de
chasse sous-marine, trop de folles nuits cari-
béennes, trop de plongées er apnée… je com-
mençais à avoir l'air d'un noceur, d'un vieux
beau, coureur de paréos… tout ce que je
déteste. Il y a d'excellents chirurgiens au Véné-
zuela… et voilà!

— Et voilà, c'est pour ça que je te trouvais
si beau! dit Marion. Tes cheveux blancs sur les
tempes mettent en valeur ta blondeur; moi, je
te trouve irrésistible. Et je ne comprends pas
que tu aies échappé au lien conjugal!

— J'ai eu beaucoup de mal, je dois dire…
Mais j'avais la chance de vivre sur l'eau et de ne
jamais jeter l'ancre bien longtemps. J'ai passé
ma vie à fuir, au fond. Choisir la mer pour
domicile, c'était déjà une fuite, non?

— Est-ce que ce n'est pas une fuite aussi, de
se faire faire un lifting? tente Maurice.

— C'est le contraire, mon Bicotin. C'est
refuser de se laisser emporter comme une feuille

231

morte. Tu te fais enlever une verrue si elle te pousse au milieu de la figure, tu te fais mettre des implants si tes incisives se déchaussent, pourquoi tu garderais tes pattes-d'oie, ta ride au milieu du front qui te donne l'air méchant ou tes bajoues qui te font ressembler à une vieille chienne?

La conversation se morcelle pour nous permettre de déguster nos belons, admirables en cette saison, à la fois fines et pleines d'effluves atlantiques. Sur la table, la motte de beurre jaune foncé, avec une vache sculptée dessus, trône, suivant la tradition des restaurants bretons à l'ancienne, au lieu du mesquin rectangle de matière grasse incolore et inodore enrobé de papier d'argent. Nous levons nos verres à la mémoire d'Adrien et à la santé des vivants qui se le gardent au cœur et d'Alice surtout qui va devoir réinventer sa vie. Ce n'est que du muscadet sur lie, qui n'est pas le meilleur des vins blancs, mais il a accompagné si fidèlement toutes nos commémorations que personne n'oserait le remettre en question.

— Mais pourquoi n'irait-on pas en thalasso tous les deux? tente encore Maurice qui n'a pas perdu l'espoir de me dissuader.

— Macérer pendant des heures dans des décoctions d'algues et de fines herbes? Et traîner en peignoir comme une malade du lit au restaurant diététique ? Tu sais bien que ça m'ennuie à périr. J'ai fait l'expérience une fois, à Evian avec toi, rappelle-toi. Tu étais très occupé avec le festival et moi aimablement invitée à faire trempette dans une bouillie d'algues fraîches. Algues fraîches, à Evian, tu imagines ! Non, j'aime mieux le bistouri, vite fait.

— Ça coûte tout de même moins cher d'aller en thalasso…

— Voire. Avec deux séjours aux Thermes de Saint-Malo, plus le voyage, et les huiles, essentielles ou non, et les kinés, tu t'offres un lifting ! Et qui tiendra nettement plus longtemps. On gagne quoi après une thalasso ? Un mois de bonne mine ? Et cinq à dix ans avec la chirurgie.

— Et en plus, un lifting, ça déplisse l'âme, dit Xavier. J'en sais quelque chose.

— Mais as-tu pensé aux dommages collatéraux ? Moi je vais prendre dix ans d'un coup comparé à toi ! Et comme j'en ai déjà cinq de plus, c'est un mauvais coup que tu me fais là…

— Et toi ? Tu n'as jamais pensé aux vingt ans qui me tombent dessus chaque fois qu'on sort ensemble et que je croise tous nos vieux amis qui nous présentent fièrement leurs nouvelles compagnes, qui pourraient toutes être mes filles ? Elles doivent se dire : « Pauvre Maurice, il sort avec sa maman ! »

— C'est pas nouveau, ça. Les vieux tuteurs épousaient leurs pupilles déjà du temps de Molière.

— C'est vrai, mais on se moquait d'eux. Aujourd'hui, c'est ceux qui s'exhibent avec leurs contemporaines qui ont l'air de pauvres types. Enfin Xavier... tu as soixante-trois ans. Est-ce que tu as une seule de tes maîtresses ou compagnes qui soit sexagénaire ? Ou même quinquagénaire ? Les seules que j'aie pu rencontrer avaient plutôt la trentaine, non ?

— Je ne les choisis pas pour leur âge pourtant, et les minettes ne m'ont jamais fait rêver. Mais sexagénaire, pour être franc...

— Attention, Xavier : ta petite sœur a soixante ans ce soir, même si toi tu continues à jouer l'éternel jeune homme !

— Mais Maurice, tous nos amis jouent à l'éternel jeune homme, regarde autour de nous : il n'y en a pratiquement plus qui soient encore avec leur première épouse, exemples les frères L., les frères S.S., les frères D., et Michel B. et Yves S. et Michel C. et je ne te cite pas les comédiens ou les metteurs en scène, mais des médecins, des hommes politiques, des écrivains... Et c'est un phénomène très contagieux en plus! C'est paniquant, non?

— Tu te rends compte de l'oiseau rare que je suis? Et en plus je vais bénéficier d'une femme toute neuve sans avoir besoin d'en changer!

— Tu fais une bonne affaire, mon Bicotin, j'te l'dis!

— En prime, autorise-moi à rester près de toi pour les suites opératoires. Je peux rendre quelques menus services malgré tout.

— J'aurais préféré que tu ne voies pas les jours d'après… l'enflure, les paupières bouffies, les hématomes, les agrafes, les croûtes dans les cheveux… c'est si impressionnable, un «bounoume». Tu te souviens, Xavier, tu disais toujours «les bounoumes» quand tu étais petit. Et puis c'est vrai que j'ai un peu honte en même temps, comme si je trichais aux cartes. J'aimerais reparaître à tes yeux comme après… l'Opération du Saint-Esprit.

— Quand t'opère-t-on à propos?

— Je n'ai pas la date de l'intervention encore. Je ne suis allée que la semaine dernière chez le chirurgien. Et imaginez-vous que j'ai fait une rencontre étonnante : dans son salon d'attente, il y avait une jeune femme algérienne qui m'a reconnue. Elle avait lu mon livre sur la

235

misogynie et milite dans son pays pour une cause désespérée, dit-elle : les droits des femmes ! Elle était ravissante et je me suis étonnée qu'elle ait recours à un chirurgien esthétique. « Non, moi, c'est pour l'hymen, m'a-t-elle dit en riant. L'an dernier j'étais fiancée à un Algérien et j'ai commis l'erreur de me donner à mon futur mari un mois avant le mariage. Résultat des courses : il m'a plaquée lors de l'examen prénuptial pour cause de non-virginité ! » Cette année, la voilà de nouveau fiancée. Un médecin algérien lui avait refait un hymen, mais, panique, ça venait de craquer ! Car il ne s'agit pas seulement de recoudre l'orifice, il faut le recouvrir d'un lambeau de peau prélevé sur la muqueuse voisine. Elle est donc venue se faire « repuceler » à Paris, en urgence, à huit jours du mariage ! « Bonjour la nuit de noces, dit-elle, et là, je ne peux pas exiger une anesthésie. »

— Je vous offrirais bien un lambeau de peau, on va justement m'en enlever un ou deux ces jours-ci, lui ai-je proposé…

— Conversation mondaine dans un salon d'attente, s'est exclamé Maurice. Quelle jolie scène ça ferait au théâtre ! Dans la lignée des *Conversations après un enterrement* de Yasmina Reza.

— Je vous envie de pouvoir aller au théâtre,

dit Xavier. C'est ce qui me manque le plus, là-bas.

— Et pourquoi tu ne viendrais pas passer quelques mois en France ? Il y a de la place maintenant chez Maman. Tu lui permettrais de franchir un cap difficile et puis tu ferais connaissance un peu plus avec Amélie et Séverine. Séverine fait des études d'ethnologie, ça l'intéressera beaucoup de t'entendre. Et puis ça te ferait du bien : tu vas t'apercevoir un de ces jours que tu n'es plus de nulle part à force de vivre sur un espace mouvant. La mer, c'est une fascination mais ce n'est pas une patrie, il me semble.

— Le problème, c'est mon bateau, à vrai dire. Je ne peux pas le laisser dans un port sans une surveillance constante.

— Et pourquoi tu ne le mettrais pas en hivernage dans un bon chantier naval qui te le remettrait vraiment à neuf ? J'ai des amis à Fort-de-France si ça t'intéresse. Et on te rejoindrait en Martinique pour surveiller les travaux, moi et ma nouvelle jeune femme... Qu'en dirais-tu, Marion ?

Nous quittons le restaurant par une de ces douces nuits dont la Bretagne a le secret, même en hiver. Les mimosas de février sont déjà en fleur sur les rives de l'Aven dont les gros rochers ronds luisent sous la pleine lune. Nous remontons tous les trois la promenade Xavier Grall qui longe la rivière. Mes deux «bounoumes» me donnent le bras et Maurice se montre très tendre comme chaque fois qu'il a un peu trop bu. A mes larmes pour Adrien et ce grand pan de ma jeunesse qu'il a emporté avec lui se mêlent, indistinctes, des larmes pour Brian que je n'ai pas vu depuis des mois parce que Peggy va très mal, mon Brian dont je retrouve toujours l'odeur avec émotion entre les boucles de la chevelure roux sombre de Séverine. Les larmes n'ont pas de couleur, heureusement. Entre deux hommes, c'est presque bon de pleurer... deux autres hommes.

XIII

La Leçon des Ténèbres

Janvier 2002

« Quand tu recevras cette lettre, ce cœur si plein de toi aura cessé de battre.

Toute mon existence, je me serai accroché désespérément à un rêve : te consacrer chaque instant de ma vie. C'est resté un rêve, pour mon malheur. Merci de m'avoir permis de t'aimer pendant tout ce temps et de m'avoir réservé une place dans ta vie. Merci de m'avoir maintenu en survie grâce à nos rencontres et à tes lettres, me permettant d'espérer envers et contre tout que nous serions ensemble, un jour.

S'il existe une vie après la mort, qu'il me soit permis de la vivre avec toi. Je suis mort si souvent en te quittant que ma mort définitive ne me fait pas peur. Je donne cette lettre à mon ami Andrew, mon copilote des années heureuses. Je veux qu'il te la remette en main propre : tu comprendras, avant de l'avoir lue.

J'aurais encore trop de choses à te dire. Je préfère laisser la parole à ce jeune poète qui avait été le premier amour de ta mère, Alice, à qui tu transmettras mon Adieu, de tout cœur. Je sais ce que je lui dois. J'ai oublié le nom du poète mais je me souviens qu'il était mort à vingt ans et que son unique recueil, posthume, s'appelait *La Leçon des Ténèbres* [1]. J'avais recopié ce poème, tu vois, sachant qu'il exprimerait ma pensée, un jour.

> *Quand le temps se fait chair*
> *Quand mes gestes perdus*
> *Dans le vent de l'absence agitent*
> * leurs fantômes*
> *Quand mon être poreux laisse fuir*
> * sans retour*
> *L'automne échevelé qui n'a pas eu d'été*
> *Et que tes larmes vaines, ô mon aimée*
> *N'ont pas le clair destin de naître*
> * pour des sources*
> *Mais que tout est sans fin sans but*
> * et sans espoir*
> *Je sens sombrer comme un navire*
> * l'éternité*

1. De Pierre Heuyer, mort en 1944 au sanatorium de Sancellemoz.

La Leçon des Ténèbres

Nous avions lu cette *Leçon des Ténèbres* ensemble, à Vézelay, que tu me faisais découvrir il y a tant et tant d'années. Je me souviendrai toujours de notre petite chambre mansardée qui donnait sur la basilique romane.

Sache que je suis soulagé de quitter ce monde avant toi, ma bien-aimée. Je n'aurais pas survécu sans toi. Je demande pardon à ceux que j'ai pu blesser en t'aimant sans réserve ni pudeur. Il y a des sentiments qui ne vous laissent pas le choix.

Au-delà de tout, sache que j'ai été heureux avec toi, Marion, et que je te rends grâce de chaque instant que tu m'as donné. *Tà no chroi istigh ionat.*

Sois bénie.

Brian »

Andrew me l'a remise à Paris, cette lettre, et c'était moins dur que de voir pour la dernière fois sur le guéridon de l'entrée l'écriture encore vivante de Brian. Il est mort d'un cancer de la prostate qu'il a refusé de soigner, ne supportant pas d'entrer dans un protocole de soins éprouvant pendant que Peggy s'éteignait peu à peu à côté de lui. Redoutant aussi sans doute de ne plus être l'homme que j'avais connu et qu'il avait réussi à rester durant toute notre vie, si peu commune, dans tous les sens du terme.

Je n'ai pas trouvé les mots pour le dire à Maurice, redoutant d'éclater en sanglots devant lui et de le mettre dans une situation gênante pour nous deux. J'ai prétexté des travaux à surveiller à Kerdruc pour y partir quelques jours. Chaque fois qu'un malheur me frappe, j'ai le réflexe de me réfugier dans mon jardin breton. Agenouillée devant chaque arbuste pour bêcher le sol, penchée sur mes anthémis jaunes (ou petits soleils de Bismarck) qui ont une fâcheuse tendance à annexer le voisinage, sans doute à cause de ce parrainage insolite avec le Prussien qui nous a volé l'Alsace-Lorraine, creusant la terre pour accueillir le petit pommier de l'Everest que je viens d'acheter aux pépinières du Bélon, dédoublant les rhizomes des roses trémières qui font monter leurs hampes fleuries jusqu'au toit en été, épandant de l'or brun sur mes cinq rhododendrons et camélias, comment pourrais-je penser à autre chose qu'à la vie malgré la mort ?

> *Quand tout change pour toi*
> *la Nature est la même*
> *Et le même soleil se lève sur tes jours.*

La Leçon des Ténèbres

C'est en tout cas ce que prétendait Lamartine que tu prenais pour un grand poète quand tu avais quinze ans, ma pauvre Marion! Tu croyais alléger l'absence de Brian en te disant que tu pouvais à tout moment le rejoindre s'il avait besoin de toi. Mais c'est maintenant que tu vas comprendre ce qu'est la véritable absence... et ce qu'est un poète celte :

Ami Tristan
Vous êtes mort pour mon amour
Et je meurs, ami, de tendresse
Car je n'ai pu venir à temps
Ni n'ai pu forcer le destin
Pour vous guérir de votre mal.
Si je fusse à temps venue
La vie je vous eusse rendue
Et parlé doucement à vous
De l'amour qui fut entre nous [1].

Mes larmes tombent sur les bulbes que je mets en terre et je me prends à rêver que des tiges vertes vont en jaillir et grandir à vue d'œil comme dans la légende. Mais le temps surréel est passé. L'homme de mon cœur a

---

1. Les stances d'Yseult, vers 3 110 à 3 120 du *Tristan* de Thomas, XIIe siècle.

emporté dans sa tombe l'Irlande où je n'irai plus et l'amoureuse que je ne serai plus.

Comment vais-je vivre sans dire je t'aime avec un tremblement dans la voix? Sans que jamais plus un homme ne m'appelle «*my breath and my life* [1]»?

J'ai demandé récemment à Maurice pourquoi il avait éprouvé le besoin de séduire tant de femmes diverses au cours de sa vie. «Pour me sentir aimé», m'a-t-il répondu. Etait-ce une façon de me reprocher de ne pas l'avoir chéri, lui, exclusivement? Sans doute. Mais il est tout aussi vrai que pour lui, l'important, c'était d'abord d'être aimé. Sur ce point, je me suis toujours sentie son étrangère. Car pour moi, le miracle, c'est d'aimer. Je ne veux pas dire forcément le bonheur, non. Avec le bonheur on peut toujours se débrouiller. Le miracle, lui, ne se laisse pas manipuler. Il tombe du ciel sans crier gare, trop tôt, trop tard, ou pas du tout et il faut faire avec car rien d'autre n'aura jamais ce goût-là ni cette évidence fatale.

Ces remords, ces regrets, ces réminiscences que la disparition d'un être si cher fait surgir, je les rumine le jour, les mains dans la terre et le soir au coin du feu. Car un feu, c'est quelqu'un.

---

1. Mon souffle et ma vie.

Devant un radiateur ou même un de ces beaux poêles Godin de mon enfance avec ses fenêtres en mica, on n'aurait pas idée de s'asseoir pour ruminer. Un feu de bois dans une cheminée, c'est un emploi du temps : il craque, il illumine, il s'effondre, il meurt en rougeoyant et je le contemple dans ses transformations jusqu'aux cendres finales.

Allégorie facile de nos vies. La mort s'entend à vous ramener à quelques idées simplistes et fondamentales. On s'aperçoit que les défunts ne s'en vont jamais tout seuls : ils vous arrachent des morceaux plus ou moins saignants de vous-même. On ne constatera les dégâts que plus tard. Le chagrin n'est jamais fini. Pour ne pas le recevoir de plein fouet, je me refuse à tout inventaire comme je me refuse à ouvrir les deux cantines qu'Andrew a eu l'idée saugrenue de déposer chez moi l'autre jour et qui contiennent une marchandise aussi périssable que dangereuse : trente ans ou plus de lettres d'amour ! J'apprends que Brian entreposait tous mes envois à mesure chez son ami pour éviter qu'ils ne tombent un jour entre les mains de Peggy ou d'Eamon, leur fils. Ne pouvant non plus les garder chez nous, j'ai emporté les deux cantines rouges à Kerdruc et les ai cachées dans le petit bureau d'Alice en attendant de statuer sur leur sort. Je m'étais juré de ne pas les ouvrir, mais comme l'épouse de Barbe-Bleue je n'ai pu résister à mettre la petite clé dans la serrure d'un des cercueils de fer et les lettres sont apparues, rangées et ficelées dans des bandelettes de toile de jute, comme des momies. J'ai reconnu au passage ma période stylo Mont Blanc à large plume, celle où je m'étais entichée d'encre violette, la période Bleu des Mers du Sud et j'ai aperçu ces milliers de « mon amour » que j'ai vite remis en cage avant qu'ils ne me sautent à la gueule. Toutes ces missives envoyées chaque semaine pendant tant d'années n'étaient plus que des lettres mortes, mais qui pouvaient encore faire des dégâts. Je me sentais incapable de les brûler – il y faudrait des heures car les livres brûlent mal – Incapable de les relire car j'aurais peur de les juger et peur de les trouver obscènes – il fallait bien faire l'amour par écrit quand nous étions séparés trop longtemps – Incapable de les publier, même sous un faux nom parce qu'il faudrait les rendre méconnaissables et que ce serait trahir Brian. En somme, incapable de toute décision, comme si ma culpabilité d'avoir entretenu une liaison illicite toute ma vie reposait là comme un encombrant cadavre.

Au petit matin, une seule solution m'est

apparue : les immerger bien vite, ces lettres, dans cet océan Atlantique qui nous avait tant séparés et si bien réunis et qui s'empresserait d'effacer toutes les traces écrites de notre amour. Mais je prendrai soin de les répartir dans quelques sacs percés de trous pour éviter qu'un pêcheur ne les remonte dans son chalut trois jours plus tard et n'aperçoive mon nom… car je crois à la malignité du sort. « Vos actes vous suivent », comme aimait à dire Adrien.

Et c'est ainsi que par un ciel irlandais, sous le crachin, ou est-ce moi qui pleurais, j'ai procédé dans la réticence et la nécessité à une cérémonie funèbre, immergeant dans des sacs noirs la part la plus passionnée de ma vie avec l'impression d'organiser mes propres funérailles, basculant par-dessus le bord de mon canot tous ces mots qui ont véhiculé tant d'amour et qui sont engloutis désormais sous les goémons verts.

XIV

La touche étoile

En hommage à
Mireille Jospin et à Claire Quilliot

J'ai attendu ma quatre-vingt-unième année pour admettre que je pourrais mourir... un jour qui n'était plus si lointain. Avant, je le savais, mais comme on sait que Constantinople tomba aux mains des Turcs en 1453. Inconsciemment, chacun de nous est convaincu de son immortalité. Cette année-là a été la première d'un processus qui peut durer longtemps, parfois d'une manière indolore ou presque, à condition de mettre assez de mauvaise foi et de mauvaise volonté à vieillir. J'en ai à revendre.

Fut un temps, je courais vite. D'ailleurs j'aurais beaucoup aimé devenir championne junior de course à pied, pour le 100 mètres, voire le 500, car j'avais un cœur de sportive qui battait lentement, m'avait dit le médecin scolaire, et j'aimais l'effort. Mais aucune activité sportive n'était prévue pour les filles dans nos Ecoles chrétiennes avant la guerre, même pas la gymnastique.

Aujourd'hui, le temps court plus vite que moi et vient de me rattraper. Pour la première fois j'ai senti sa griffe sur mon épaule. Moins que rien, un coup de semonce sans frais, mais c'était comme si je reconnaissais une langue étrangère que je n'aurais jamais parlée.

Il était neuf heures dans la fraîcheur d'un petit matin de novembre, quand, au lieu de courir dans le ciel, un nuage est passé dans ma tête, obscurcissant ma conscience. J'étais debout sur le quai de la gare de Quimperlé et j'ai tout de suite su que c'était « ça », que c'était comme « ça » qu'on se retrouvait soudain par terre, livrée à la sollicitude des voyageurs, allongée sur un quai puis disposée sur un brancard surmonté d'un cercle de visages inquiets et surtout curieux, chacun rêvant d'assister à un fait divers, puis prise en charge par les pompiers, dépossédée de son invulnérabilité et offerte à la curiosité morbide d'inconnus.

J'ignore combien de secondes ou de minutes je suis restée dans le brouillard, debout sur ce quai, n'osant faire un pas ni même aller m'asseoir de peur de tomber. Et puis le nuage est sorti du champ comme font les nuages, le fracas du train m'a réveillée et j'ai pu monter dans mon wagon comme tout le monde. J'étais redevenue n'importe qui ! C'était bon.

Comment ai-je su que cet épisode ne ressemblait à rien de ce que j'avais vécu jusqu'alors ? Parce que c'était bien ça, justement. Allons, Alice, n'aie pas peur des mots : c'était la mort et, plus précisément encore TA mort. Pas pressée du tout, elle s'était contentée d'une chiquenaude, histoire de rire et de faire connaissance.

C'est vrai, je m'étais beaucoup dépensée toute cette semaine dans le jardin de Kerdruc, ayant pris plaisir à remodeler les abords de la crèche comme nous l'avions décidé avec Marion l'été précédent. La fatigue ne m'avait jamais fatiguée jusqu'ici et je ne songeais pas encore à changer de braquet. Je préférais penser que ce malaise était dû au chagrin ou à la solitude, nouvelle pour moi. J'espérais jouir enfin de ma liberté, ne plus être astreinte à des horaires pour les repas, pouvoir rallumer la nuit pour lire ou écouter de la musique… Mais voilà qu'Adrien m'occupait davantage encore absent que présent. Il s'était tant amenuisé la dernière année que, mort, il récupérait sa stature d'être humain et l'image du vieillard qu'il était devenu s'estompait.

Il faut savoir que les morts, ça bouge et ça peut continuer à faire du mal. Rarement du bien. Leur impunité les place en position dominante. Le pauvre survivant se dit : « J'aurais pu... J'aurais dû peut-être... Ai-je toujours compris ?... » Eux, du haut de leur éternité, ne sont pas mécontents de nous tourmenter encore un peu – on trouve toujours quelque chose à faire expier – et le survivant est perdant à ce petit jeu-là. Déjà culpabilisé de survivre, il est mal placé pour se défendre. D'autant que « le déserteur » vous laisse seule, face à toutes les corvées que déclenche sa mort. Déjà de son vivant, Adrien, se considérant comme retraité de l'administration, n'administrait plus les affaires du foyer. Je ne m'en plaignais pas, appréciant de décider seule de notre budget. Mais je découvrais qu'il me fallait affronter nombre de démarches avant de bénéficier des « donations au dernier vivant » que nous nous étions consenties. En plus d'être veuve Untel, j'étais devenue cette « dernière vivante », terme terrible, et Adrien sur les formulaires s'intitulait désormais « le contribuable décédé ». S'il n'y avait que le contribuable ! Mais hélas ! tout l'homme est parti avec. Et mille activités anodines, qui composaient le tissu de ma vie, ont changé de couleur.

Je faisais beaucoup de choses seule depuis quelques années mais quelqu'un m'attendait toujours à la maison. C'était pesant parfois. En revanche, je pouvais m'écrier en rentrant : « Zut et merde ! Je viens de récolter une contravention ! » Ce qui la rendait moins pénible.

Je vais maintenant au cinéma toute seule, sans mon contribuable, et c'est le plus dur. Je me surprends à m'attendrir quand je repère deux têtes chenues penchées l'une vers l'autre à quelques rangées de mon siège, s'échangeant des impressions que l'autre accueille en souriant doucement, car ils ont vécu tant d'années ensemble que l'heure n'est plus à la provocation. Ils forment désormais une vieille machine bien rodée dont les rouages ont appris à fonctionner sans grincer. J'ai perdu en somme bien davantage que mon mari ou le père de mes enfants comme on dit, et même que ce cher emmerdeur auquel j'avais tant à reprocher. J'ai perdu ce que personne ne sera plus pour moi : mon contemporain.

J'ai mes enfants bien sûr mais ils sont loin devant. Même Marion. Je ne pourrai jamais leur dire : « Tu te souviens du Front populaire ? J'avais vingt ans et je manifestais pour la première fois de ma vie devant l'Assemblée nationale, avec Hélène qui arborait l'insigne des Filles de Croix de Feu !» Autant évoquer le siège de Constantinople en effet.

En l'espace d'une génération, l'Histoire de France qui nous servait de ciment, de mémoire commune, s'est volatilisée. Même ma petite-fille Aurélie, qui a fait une licence d'Histoire, n'a jamais entendu parler du Vase de Soissons ! Et quand je lance à mon prétentieux Valentin, comme saint Rémi à Clovis : «Baisse la tête, fier Sicambre !», il se demande si je ne commence pas un Alzheimer.

Nous sommes la première génération de grands-parents abandonnés, coupés de leur descendance. Avant 68, le monde n'avait pas encore basculé, entraînant dans sa chute tout notre décor familier. Même le beau mot d'instituteur a disparu dans la tourmente, emportant avec lui les récitations, la sacro-sainte dictée, les lignes de *o* et de *a*, les tables de multiplication qui ornaient la dernière page de nos cahiers et les plumes Sergent-Major et les Gauloises (dont personne ne sait plus comme elles étaient bonnes à sucer avant la première utilisation), ces Gauloises qui bientôt ne seront même plus des cigarettes !

Dans la société où je survis, il traîne de

moins en moins de contemporains. Beaucoup sont couchés, en fauteuil ou en Maison,
inutilisables. Et il en disparaît chaque semaine
quelques-uns que je connaissais au moins de
nom. « Ça tombe comme à Gravelotte ! », disait
mon père. Encore un souvenir qui ne veut plus
rien dire ! Laisse béton, Alice.

Autre chose s'est volatilisé : ma force. Sur qui
l'exercer ? Je ne vais plus au bureau et n'ai plus
personne à tourmenter à domicile. Je citais souvent cette phrase de Nietzsche : « Il faut protéger le fort contre le faible. » M'étant laissé classer
parmi les forts – non sans une satisfaction pué-
rile –, je traînais la dépendance d'Adrien
comme un encombrant fardeau, professant que
les fardeaux ont un instinct très sûr pour trouver des porteurs. Mais peut-être les porteurs
ont-ils besoin de traîner des paquets et de servir de raison de vivre à ceux qui naissent fati-
gués ? Chacun doit pouvoir exprimer sa nature,
je suppose. C'est une idée nouvelle pour moi.

Je me retrouve seule également pour affronter les exploiteurs du grand âge. Depuis que
nous étions passés octogénaires, Adrien et moi,
pas un jour ne s'écoulait sans qu'arrivent des
propositions mirobolantes, tricycles pour han-
dicapés moteurs, monte-escaliers pour cœurs
déficients ou baignoires à portes latérales.

Aucun domaine n'échappe à la vigilance de ces bienfaiteurs qui se sont emparés récemment de la sexualité. Masculine, bien sûr. Je lis chaque semaine que « Monsieur Adrien Trajan pourrait jouir d'érections grandioses qui lui permettraient d'assouvir plusieurs femmes, même gourmandes, à la fois » ou bien « de déverser des déluges de sperme qui éblouiraient son épouse ». Une littérature ahurisante !

Quelles épouses, surtout à l'âge des pannes sexuelles, rêvent-elles vraiment d'être éclaboussées jusqu'aux yeux par la céleste laitance ?

Tous ces triomphes ne sont jamais promis qu'aux mâles. Aucune publicité pour des phéromones par exemple qui, pulvérisées sur le train arrière des dames, attireraient des hommes pantelants dans leur sillage !

Pour me venger, je me suis offert le délicat plaisir d'expédier une circulaire laconique à chacune de ces officines pornographiques : « Mon mari a suivi vos conseils et pris vos gélules régulièrement pendant tout le mois de septembre. Il est décédé le 2 octobre dernier.

Signé : l'épouse éblouie. »

Je n'ai reçu aucune réponse.

Nous nous esclaffions ensemble devant cette littérature de la déchéance et de l'impuissance. Je ne savais pas encore qu'on ne peut plus rire quand on est tout seul. On peut monologuer, on parle souvent tout haut, mais étrangement, le rire ne se produit plus.

Pourquoi rirait-on d'ailleurs? La toute-puissance de la technologie, l'électronique, la mondialisation, «ghettoïsent» les gens trop âgés, qui sont en train de perdre sur tous les tableaux, même dans des sociétés où leur rôle était consacré depuis des siècles.

La vieille Esquimaude qui hier encore tannait les peaux de bêtes avec ses chicots était fière de se rendre indispensable à son groupe. Aujourd'hui, elle garde ses dents mais n'est plus qu'une bouche inutile à nourrir. Son époux, le chasseur de phoques dans son kayak, armé des flèches en os qu'il avait taillées lui-même, déployait un savoir-faire essentiel à la survie de sa communauté. Les consommateurs du Groenland ou d'Alaska achètent aujourd'hui leurs quartiers de phoque ou de caribou prêts à cuire au super marché ou – pire – se contentent de filets de limande, pêchée, panée et formatée sur des navires-usines qui ne leur appartiennent même pas. Le génial chasseur est au chômage, et inscrit à l'Aide sociale.

Dans la Grèce antique, Socrate était détenteur d'une sagesse qu'il enseignait aux jeunes Athéniens qui se pressaient autour de lui.

Aujourd'hui les jeunes Athéniens trouvent sur Internet ce dont ils ont besoin (et ce n'est plus la sagesse!). Le bel Alcibiade n'a rien à apprendre d'un vieillard et Socrate meurt tout seul. Sans ciguë peut-être, mais sans disciples non plus.

C'est de cela aussi que nous allons mourir : d'une immense indifférence. Qui va jusqu'au rejet. Nous sommes devenus si nombreux que les non-vieux expriment ouvertement leur ras-le-bol. (Et leur inquiétude : qu'est-ce qu'on va en faire, s'ils continuent comme ça ?) Je me surprends à évacuer un à un les lieux où je ne me sens plus souhaitée. La nuit est un des espaces où je n'ose plus m'aventurer. Un homme, même branlant, m'assurait un semblant de sécurité. Une femme seule et âgée est deux fois femme.

Pour la première fois l'autre soir, revenant du cinéma, au métro Franklin-Roosevelt, je me suis vécue en personne déplacée. Il était vingt-deux heures et quatre-vingts pour cent de jeunes gens occupaient les deux quais, s'échangeant des horions amicaux, s'interpellant d'un quai à l'autre, imposant à tous les passagers leur bruitage, leur langage agressif, leur glorieuse jeunesse. Ils étaient chez eux. Je ne l'étais plus. Mes quelques semblables se faisaient gris comme les murailles... surtout ne pas se faire remarquer. C'était soudain 1942, sous l'Occupation allemande à Paris, quand on se retrouvait dans un lieu public, le métro ou la place de l'Opéra et sa Kommandantur, quelques Français vaincus parmi une foule de vainqueurs vert-de-gris...

C'est cette peur qui nous conduit peu à peu à rester dans notre tanière, dans cette cuisine qui a été pour tant de femmes de ma génération cette « chambre à soi » dont parlait Virginia Woolf.

Mais le malheur a voulu que les technotueurs m'y poursuivent car j'ai été contrainte de remplacer mes quatre plaques électriques à palpeur, simplettes et anciennes, par un nouveau dispositif de cuisson. Le plombier du coin m'a chaudement recommandé une surface électrique à induction, plus sûre et plus économe d'énergie. Marion est équipée d'une plaque en vitrocéramique du plus bel effet dont je me sers sans problème. J'ai donc signé en confiance le contrat et vu déballer trois semaines plus tard une surface noire admirable, entièrement lisse, sans même un bouton de commande.

— C'est dépassé, madame, les boutons ! Un contact digital suffit.

— D'accord mais j'aimais bien les boutons qu'on pouvait régler, 1, 2, 3, 4, 5.

— Là, vous réglez la chaleur en pressant d'une manière répétée et les chiffres s'allument en rouge.

— Et si c'est mon chat qui saute sur la plaque, elle démarre?

— Il existe un mécanisme de verrouillage, madame. Quand l'appareil n'est pas en service, vous le verrouillez. Là encore, un contact digital suffit.

— Et si un enfant pose sa main sur la plaque en passant, ça peut déverrouiller et faire démarrer?

— Un enfant n'a pas à s'approcher de la surface de chauffe, madame.

— Et là, vous préconisez un contact digital pour écarter l'enfant? Une gifle, par exemple?

Le plombier du coin s'efforce de rire. Il ne faut pas désobliger le client.

— C'est tout de même plus compliqué qu'avant, votre système...

— Il faut apprendre à s'en servir, madame.

— Apprendre à faire cuire un œuf? A mon âge?

— Je vais vous faire une petite démonstration, vous allez voir. On va faire bouillir de l'eau.

Je décroche une casserole de ma série de six, pendue au mur.

— Ah non. De l'aluminium, jamais! Il faut des récipients inox portant sur le fond la mention INDUCTION.

J'en possède un, par miracle.

— Mais alors, monsieur, tous mes ustensiles en Pyrex, tous mes plats à œuf en porcelaine qui font les meilleurs œufs au plat comme vous savez, et ma cocotte-minute et ma marmite en fonte émaillée et mes poêles Téfal... il faudra tout jeter?

— Rien de tout cela n'est estampillé INDUCTION, dit le cuisiniste, navré.

Je consulte encore une fois la notice et sursaute. En petits caractères je lis : « Porteurs de stimulateurs cardiaques, attention! Certaines interférences électromagnétiques peuvent se produire. Consultez votre médecin. » Je n'ai pas de stimulateur, mais je suis d'âge à en avoir! Il aurait dû me prévenir, mon cuisiniste, que l'induction n'est pas faite pour les seniors et que, chez moi, tout est à jeter y compris mon chat. Il ne faut que des utilisateurs estampillés JEUNES. Et il est recommandé de consulter un cardiologue avant de choisir sa cuisinière. J'apprendrai plus tard dans *Que choisir* qu'il est conseillé de se tenir à plus de 30 cm des foyers!

261

Et de tourner sa sauce Béchamel avec un manche à balai?

Je fais démonter sur-le-champ ma plaque à induction. Je veux une surface en n'importe quoi avec des boutons 1, 2, 3, 4, 5.

— Mais il était écrit sur votre contrat, madame, le mot INDUCTION.

— Justement! Pour moi, l'induction c'est la « généralisation d'un raisonnement à partir d'un seul cas ». C'est le contraire de la déduction, voyez-vous. Je suis professeur de français, monsieur, pas de plomberie, et vous auriez dû m'expliquer. Pour moi, votre induction, c'est de la merde. Vous voyez, voilà un bel exemple : je généralise à partir d'un seul cas! C'est ça, l'induction.

— Madame, je suis désolé, dit le brave homme, mais vous avez signé le contrat et je suis obligé de vous faire payer cette plaque, qui vaut plus cher que les surfaces à commandes manuelles, c'est vrai, mais je vous assure que c'est ce qui se fait de mieux sur le marché. Toutes les grandes marques s'y mettent. C'est l'avenir.

— L'avenir, vous savez, ce n'est pas mon principal souci! Vous n'auriez pas un modèle qui épluche les légumes et apporte les plats sur la table tant qu'à faire?

Bien sûr, je me suis retenue d'accabler mon pauvre plombier. J'avais signé après tout, sans bien lire le contrat et c'était moi la fautive. J'ai donc lâchement réglé la plaque à induction et acheté en solde le modèle bas de gamme d'une marque en faillite, avec des boutons 1, 2, 3, 4, 5, comme dans mon enfance. Na ! De toute façon, au premier pépin, elle sera déclarée irréparable et les plombiers des quatre coins de France entonneront le même refrain : « Ça vous coûtera plus cher de réparer ce (ici, au choix, poste de télé, aspirateur, radiateur ou four [1]) que d'en acheter un neuf. »

Belzébuth se fout du monde et il est toujours gagnant, on l'apprend à ses dépens.

Les diverses formalités *post mortem* étant à peu près réglées, la dernière vivante a ressenti le besoin de changer d'air. Marion et Xavier m'avaient affectueusement proposé de les rejoindre à Kerdruc. C'était tentant. Mais décembre n'est pas le plus beau mois en Bretagne et c'est auprès d'Hélène que j'avais envie de me retrouver. Les circonstances étaient favorables : Victor s'est cassé le fémur en tombant de son lit et il est en rééducation pour deux mois, ce qui m'assure une cohabitation sans

1. Liste non exhaustive.

problème avec ma sœurette assortie de quelques semaines d'hiver au soleil du Midi. Elle a enfin passé son permis de conduire l'année dernière quand Victor a dû renoncer à sa Mercedes et elle s'est acheté une Twingo afin de ne pas humilier son mari qui aurait très mal vécu qu'elle choisisse un coupé décapotable grand sport. C'est en 2 CV qu'il l'aurait préférée mais Citroën, à son grand regret, n'en fabrique plus. Oui, ça existe encore les petites filles de soixante-dix ans qu'on a empêchées de grandir et qui restent persuadées de leur incompétence congénitale et de la nécessité d'obéir au mâle.

Je lui épargne mes sarcasmes, à ma pauvre Minnie, car la combativité s'use comme le reste et toutes mes forces s'emploient maintenant à juguler les signaux de détresse que m'envoie mon organisme. J'ai tant joué à « Sois sage, ô ma douleur, et tiens-toi plus tranquille » que je parviens encore à brouiller les messages et à ignorer par exemple mes genoux qui se sont mis dans la rotule que je n'avais plus de cartilages. Je refuse obstinément la canne qu'ils réclament... en attendant qu'ils se liguent tous les deux pour me précipiter au sol et me prouver qu'ils avaient raison. Mais Hélène a réussi à me traîner à la Polyclinique Saint-John-Perse pour me faire faire un check-up. J'ai refusé la colo-

scopie et autres examens traumatisants, persuadée qu'il ne faut pas réveiller les maladies qui
somnolent… Mais j'ai dû subir une batterie de
tests et d'analyses qui m'ont révélé… que je
n'avais plus vingt ans. Que la cataracte… que
la thyroïde… que l'hypertension… qu'une possible macula sur ma rétine… De toute façon je
n'ai jamais beaucoup apprécié Saint John Perse
ni comme poète ni comme diplomate.

En revanche, j'ai cédé momentanément
aux sirènes du Bio, n'osant pas m'empiffrer de
pâté de sanglier ou – pire – de sansonnet, de
beurre salé en couche épaisse et de grillades à la
bonne graisse, devant une adepte des yaourts au
bifidus, du zéro pour cent et du bouillon de
légumes. J'accompagne donc Hélène dans ses
magasins Bio, innombrables à Cannes, qui ressemblent à des salles de patronage où de vieilles
dames naïves et enthousiastes viennent philoso-
pher et échanger leurs expériences. Jamais je
n'ai vu entrer un homme dans ces sacristies.
C'est pour cette raison qu'ils meurent avant
nous, prétend Hélène.

Je me suis laissé tenter par l'argile verte en
cataplasme pour l'arthrose du genou, ou au
choix en pâte à tartiner en couche épaisse. De
toute façon pas de notice, pas de mode d'emploi. C'est comme pour l'eucharistie, il faut

y croire. Les conditionnements sont rudimentaires, on en met partout, ça tache, ça bouche les tuyauteries, ça fait partie du traitement. Mais il faut reconnaître que la résorption de mes enflures est spectaculaire.

Notre liberté est limitée malheureusement parce que Hélène tient à passer tous ses après-midi auprès de Victor. Je l'accompagne rarement : ça me fait vieillir de dix ans! Nous entrons dans sa chambre avec un sourire engageant qu'il se charge d'effacer dès les premiers mots. Il a toujours passé «une très mauvaise nuit» prétendant au choix «qu'il n'a pas fermé l'œil, pas pu respirer avec ce temps orageux, eu la migraine ou une douleur atroce au gros orteil».

— C'est la goutte, Victor, lui dis-je gaiement, la maladie des bons vivants!

Ça ne lui plaît pas, je le sais, mais la haine fait du bien aux méchants, tous ces vieillards qu'on nourrit d'amour et d'ortolans et qui vous le transforment en amertume et en reproches.

Il veut savoir ce que nous faisons, qui nous voyons sans lui. Personne ne trouve grâce à ses yeux.

— Ah, ce pauvre Jérôme! Il est pédé comme un phoque, celui-là!

— Ah, vous avez été voir *The Hours*? Le

266

vague à l'âme de ces dames qui n'arrêtent pas de se regarder le nombril... C'est tout Virginia Woolf...

Les misogynes sont comme les violeurs à répétition. On leur explique, on leur démontre le bien-fondé du féminisme, ils semblent l'admettre sur le moment et puis on les relâche et ils recommencent de plus belle ! Les mêmes clichés sur « les bonnes femmes », les mêmes plaisanteries éculées.

Une des phrases préférées de Victor et que je déteste particulièrement : « J'en ai rien à foutre. » Il croit que c'est un argument. Je le reprends vertement chaque fois. Hélène me reproche d'insulter un grand malade. Et pourquoi pas ? C'est le traiter comme un homme normal pour une fois !

— Tout de même, remarque Hélène, la larme à l'œil quand nous quittons la chambre et que Victor l'accompagne d'un regard plein de rancune parce qu'il ne supporte pas qu'elle vive sans lui. Tout de même, Victor est parfois maladroit, mais il m'aura manifesté toute sa vie un immense amour !

Un immense amour-propre surtout, ai-je envie de rectifier. Mais je ne suis pas une criminelle, malgré les apparences.

Nos matinées, nous les consacrons à nous

promener sur la Croisette, à visiter des musées, à « magasiner » comme disent les Québécois.

Et la soirée, nous la passons à être heureuses ensemble. A ressusciter nos souvenirs d'enfance. A nous attendrir sur les chevaux pommelés qui livraient en charrette les pains de glace enveloppés de toile à sac pour les glacières doublées de zinc. On comprenait mieux que le froid est un luxe. A évoquer le petit fox de la Voix de son Maître et les gramophones à manivelle ou les tourne-disques qu'on appelait bêtement tourne-disques puisqu'ils faisaient tourner les disques, sans aller chercher des Yahoo, ou Noos, phonèmes qui ne veulent plus rien dire.

Nous sommes heureuses mais je culpabilise parfois de cette existence en cocon climatisé. Est-ce que nous ne menons pas une vie résiduelle ?

— Résidentielle, ma chère sœur, corrige Hélène. C'est la même chose, mais en version luxe. Il faut savourer notre chance de vivre à l'aise, dans un cadre douillet, orné de beaux objets et sans rien qui nous rappelle les malheurs du monde. Tu n'es plus à l'âge des bagarres. Tu as beaucoup donné et beaucoup emmerdé. Laisse-toi vivre un peu, ma chérie…

C'est la sagesse mais ici la vie est caricaturale, « tout n'est qu'ordre et beauté, luxe, calme… ».

Manque hélas! la volupté. La simple réalité commence aussi à me manquer dans cet univers aseptisé. J'ai l'impression d'être déjà morte, même si l'au-delà est bien agréable.

Je vais d'ailleurs devoir quitter Hélène car son fils aîné, sa belle-famille et Zoé viennent à Cannes passer les vacances de février. Nous avons dormi dans la même chambre la dernière semaine pour nous dire ces bêtises ou ces choses très profondes qu'on ne dit que la nuit et nous nous sommes promis de passer chaque année quelques semaines ensemble. Victor a deux fémurs après tout! J'ai gardé par-devers moi cette remarque de très mauvais goût, j'en conviens. C'est de mon âge.

M'étant habituée au luxe, j'ai trouvé en rentrant mon appartement misérable et j'ai décidé de mettre de l'ordre et de tout repeindre y compris mon chagrin. A nos âges, ranger signifie jeter. Je mets à la poubelle les strates de mon existence morte, j'évacue dossiers, coupures de presse jaunies, revues féministes, que je conservais pour me rassurer au cas où on me demanderait un article; on ne me propose plus d'en écrire depuis longtemps, mes références sont périmées, mon nom ne dit plus rien à personne et les jeunes péronnelles d'aujourd'hui

269

sont persuadées que les droits dont elles jouissent sont tombés du ciel.

— Vous n'avez eu le droit de vote qu'à trente ans ? Pas possible ! disent ces décervelées.

— Y avait pas la pilule « autrefois » ? Comment vous faisiez ? demandent ces déculturées, pour qui « autrefois » commence hier et touche au Moyen Age.

Oubliés la docteure Lagroua Weill-Hallé et le Planning familial, Gisèle Halimi et le procès de Bobigny, Simone Veil et les 800 000 avortements par an qui n'étaient pas des IVG et entraînaient la mort de centaines de femmes chaque année et la stérilité pour des milliers d'autres.

Ça aussi, ça tue, l'ignorance et l'oubli, même si de magnifiques femmes se battent encore, sans subventions, sans reconnaissance, dans l'indifférence générale.

On ne me demandera plus mon avis mais qui m'empêcherait de le donner ? Il m'est venu l'idée, puis l'envie, puis la ferme détermination de m'atteler à un dernier travail, une sorte de Testament féministe, que Marion ferait paraître après ma mort.

— Pourquoi après ta mort ? dit Moïra.

Je suis donc partie m'installer à Kerdruc ce printemps, pendant les travaux chez moi, pour y écrire tranquille. J'ai passé trois mois de bonheur. J'écrivais chaque semaine à Hélène qui n'apprécie pas plus que moi les relations téléphoniques et elle m'envoyait comme à son habitude ces délicieuses lettres illustrées, comme les livres d'heures, de personnages et d'animaux fabuleux, qui me faisaient regretter une fois de plus qu'elle n'ait jamais sauté le pas et accepté d'exprimer son talent.

Marion est venue me voir – elle ne manque jamais une marée d'équinoxe – pour m'aider à rassembler mes idées et à accepter l'évidence de mon vieillissement : je suis en fureur d'avoir à admettre que je ne peux plus écrire rien de bon après cinq heures du soir, moi qui ai tant aimé travailler la nuit. Je n'avais jamais eu à me plaindre du corps qui m'est échu. Celui qui s'est mis en place – à mon corps défendant – me plaît de moins en moins. Mais c'est lui qui me fait la loi.

J'allais inscrire le mot FIN de mon livre quand le sol s'est ouvert brutalement sous mes pieds. Le ciel est devenu noir – l'inacceptable s'était produit. Un minuscule caillot de sang venait d'obstruer une artériole du cerveau qui m'est presque aussi cher que le mien : celui d'Hélène. Ma petite sœur, pratiquement ma fille, venait de recevoir un coup, que je pressentais mortel.

Elle était seule chez elle, Victor ne devait rentrer que la semaine suivante. Ne recevant pas son appel téléphonique quotidien, il a tout de suite pensé au pire et donné l'alerte. Police-Secours a défoncé leur porte pour trouver Hélène sans connaissance au pied de son lit. Elle est à l'hôpital mais les dégâts sont impressionnants, m'a avoué son fils : elle est hémiplégique, du mauvais côté, celui qui commande à la fois la main qui écrit et l'hémisphère qui parle. Elle perd d'un seul coup la parole et l'écriture.

Je partirai demain pour Cannes. Hélène n'a « que soixante-quinze ans » et les médecins prétendent qu'elle pourra récupérer – en partie. Que dire d'autre à quelqu'un qui vient de basculer en un instant du monde des bien-portants à cette zone floue où l'on n'est ni vivant ni mort ?

Quinze longs jours se sont écoulés depuis l'AVC [1], comme on appelle le transport au cerveau d'autrefois, et je crains qu'elle ne revienne pas, mon Hélène. Les mines fuyantes des médecins, leurs discours empruntés, son visage asymétrique et son regard de vaincue surtout, me laissent bien peu d'espoir.

Pendant ce bel automne passé ensemble,

---

1. Accident vasculaire cérébral.

nous avions réfléchi à «l'art de mourir [1]» et elle s'était enfin inscrite à l'ADMD [2] où je milite depuis tant d'années. C'est si valorisant de se déclarer pour une mort choisie quand on est en pleine santé! Mais comment s'assurer qu'on ne franchira pas ce seuil fatal où l'on perd le contrôle, sur soi et sur les autres? Tant qu'Adrien vivait, je prenais bien sûr le risque de vivre. Je n'aurais jamais non plus fait «ça» à Hélène, la laisser seule. Mes deux principales raisons de vivre ont disparu (ou tout comme) et mes enfants, eux, n'ont plus vraiment besoin de moi, même s'ils croient avoir envie de me garder. Ils ont réussi leur vie comme ils la voulaient et ma disparition, prévisible, ne leur fera pas plus de chagrin demain que plus tard.

De mon côté, je n'ai aucune envie d'assister au vieillissement de mes enfants. Marion a soixante-quatre ans déjà, et j'ai pitié d'elle pour ce qui l'attend. Elle est toujours magnifique mais la voir à soixante-dix ans manifester les mêmes symptômes que moi serait pour moi un vrai scandale. Il n'était pas prévu jusqu'ici qu'une mère voie le beau petit humain qu'elle a mis au monde devenir un spécimen flageolant

---

1. Comme l'a appelé Françoise Giroud dans *Leçons particulières*.
2. Association pour le Droit de mourir dans la Dignité.

au regard terne et aux mains déformées. Et comment admettre que mes petites-filles deviennent des quinquagénaires ? La longévité détraque la chaîne des générations.

Je nous imagine à Kerdruc au petit déjeuner, Marion et moi dans dix ans, les cheveux teints dans notre ancienne couleur, ouvrant chacune notre boîte de gélules, cartilages de requin, huiles essentielles, Oméga 3, anti-inflammatoires, anticholestérol, antitension, magnésium, silicium, zinc, vitamines, DHEA et j'en passe. Nous les avalerions péniblement en contemplant la mer, vide désormais, car il aurait fallu vendre le bateau, Maurice ne pouvant plus démarrer le hors-bord 5 CV à cause de sa tendinite. Nous le regarderions, attendries, feuilleter ses revues nautiques à la recherche d'une pinasse avec un Diesel à démarrage électrique, sachant bien qu'était passé pour nous le temps d'investir. Les femmes sont souvent d'un désolant réalisme. Pour Maurice, tout semble toujours possible. Ses rêves prolifèrent indépendamment de toute réalité, ce qui lui assure une manière d'éternelle jeunesse, que j'admire. Je m'en veux de devenir une tueuse de rêves...

Car c'est par amour pour la vie que je voudrais la quitter à temps, non sans un terrible regret. Mais je sais que tout ce que j'ai déjà perdu et tout ce qui s'en va chaque jour, ne sera remplacé par rien.

J'ai trop aimé courir, grimper, skier, conduire une voiture, pour accepter de m'installer aux commandes d'un déambulateur.

J'ai trop aimé le goût du vin, celui des Single Malt et le parfum de neige éternelle de la vodka, pour voir devant mon assiette une bouteille en plastique, pleine d'un liquide incolore, inodore et sans saveur.

J'ai trop aimé vivre auprès d'un compagnon pour affronter les jours et les nuits, pour s'assaillir, pour discourir, pour ronchonner, pour lire à deux, pour rire aussi, pour tous les plaisirs et les déplaisirs de la vie et pour doucement vieillir…

J'ai trop aimé Xavier et Marion et Maurice d'égale à égaux pour envisager de les voir un jour debout devant ma dépouille, prétendue vivante, alimentée par gouttes, oxygénée par tube et soulagée par sonde.

J'ai trop aimé m'agenouiller dans un jardin et humer l'odeur de la terre et bêcher et planter et tailler ; j'ai trop aimé le soleil en face, au zénith, et les baignades dans l'océan glacé et les randonnées sur la lande, pour somnoler à l'ombre dans un jardin, une capeline sur la tête et une couverture sur les jambes, en attendant que le soir tombe... pour aller au lit!

J'ai trop aimé pêcher, à pied ou en bateau, avec Marion, Amélie et Séverine, à l'île Verte, à Raguénès ou aux Glénan, pour regarder sans pleurer partir les autres, le haveneau sur l'épaule, leur hotte en bandoulière et les yeux pleins de lumière, lors de chaque grande marée.

Je veux m'en aller, ma hotte lourde de souvenirs et les yeux pleins de la fierté d'avoir vécu vivante jusqu'au bout. M'en aller à mon heure à moi, qui ne sera pas forcément celle des médecins, ni celle autorisée par le pape, encore moins la mort au ralenti proposée par Marie de Hennezel, avec son plateau de soins palliatifs en devanture et son sourire crémeux.

Curieusement, comme une compensation, je suis de plus en plus sensible à la beauté des choses, les toutes petites merveilles et les grands spectacles s'unissant pour me mettre les larmes aux yeux : le bleu des plumbagos, le vol des grues cendrées dans *Le Peuple migrateur*, le rosier nommé Cézanne planté l'an dernier sans y croire dans un coin peu propice et qui m'offre sa première rose bigarrée rouge et jaune en novembre quand je ne l'espérais plus, juste pour me dire : «Tu vois!» Un bateau de pêche qui rentre au port, la coque si bien taillée qu'elle ne laisse presque aucun sillage sur l'eau, le vieux marin debout à la barre, son chien dressé à l'avant faisant l'important comme une figure de proue... et puis la chapelle de la baie des Trépassés et son calvaire de granit usé par les tempêtes et par les larmes des veuves.

Et puis la poésie, curieusement, que j'aimais tant dans ma jeunesse et que j'ai retrouvée depuis la mort d'Adrien avec une émotion d'adolescente – Te souvient-il, Hélène, comme nous aimions Laforgues et ses vers désespérés que je comprends mieux aujourd'hui :

> *Ah que la vie est quotidienne*
> *Et du plus loin qu'on s'en souvienne*
> *Comme on fut piètre et sans génie !*

Nous allions très vite devenir plus vieilles que ce jeune poète mort à 27 ans

Et aussi les hommes quelquefois... le goût pour les hommes se perd-il jamais ?

Sur un toit en face de chez Hélène, à Cannes, j'ai rencontré l'an dernier un couvreur magnifique. Ils étaient quatre à courir sur les tuiles roses mais lui seul était blond comme un Finlandais, les hanches étroites et la taille d'une finesse émouvante chez un homme. Il travaillait torse nu et je contemplais chaque matin en prenant mon petit déjeuner ses épaules hâlées, de ce hâle doré des blonds, sa taille de guêpe et ses cheveux mi-longs brillant au soleil du Midi comme… un casque d'or. Parfaitement. Et chaque fois qu'il s'approchait du bord de la toiture, je tremblais pour lui, en fredonnant la chanson de Dalida : « *Il venait d'avoir dix-huit ans…* », déclenchant les gloussements ironiques d'Hélène.

« La propension à s'unir existe même chez les infusoires et les paramécies, êtres pourtant asexués », me rappelait-elle, citant quelque article de *Science et Vie* auquel était abonné Victor et qu'elle lisait religieusement.

L'être humain ne redevient jamais une paramécie. Je suis presque choquée de ressentir parfois au cinéma, aujourd'hui comme hier, quelque chose de l'émotion de l'héroïne quand l'homme qu'elle aime la prend enfin dans ses bras… à condition que le réalisateur sache filmer non l'amour mais le désir, autrement plus difficile à montrer que la haine ou la violence qui sont des émotions rudimentaires.

Je n'ose pas avouer cet émoi ou cette faiblesse à Hélène qui n'a jamais trompé Victor et reste étrangement pudique sur ce qu'elle appelle « la sexualité » avec une petite moue qui ne me dit rien de bon.

Ne pouvant me satisfaire des baisers des

autres et des trop rares couvreurs qui se donnent en spectacle, ayant perdu presque tous mes plaisirs et presque tous les amis de mon âge, ayant écrit mon dernier livre, je ne vois pas pourquoi j'attendrais passivement le dernier coup du sort. Mais comment abréger mes jours, au cas où j'aurais la chance d'entendre grincer à temps la charrette de l'Ankou[1], conduite par son charretier funèbre qui a toujours eu pour moi le visage de Jouvet ?

En Suisse, en Belgique, en Hollande, on admet « l'aide à mourir ». J'avais vu *Exit* à la télévision et suivi la mort douce et choisie d'un homme malade, dans les bras de sa femme. Et l'admirable *Mar adentro*[2], un film sur la joie de vivre et le courage de mourir.

La France n'est plus le pays des libertés. Nos députés viennent d'inventer l'hypocrite « laisser-mourir », formule affreuse bien dans la lignée du « laissez-les vivre », les deux slogans ayant en commun le même mépris de la volonté des intéressés.

Moi, je tiendrai compte de ta volonté, Alice,

---

1. Qui annonce la mort chez les Bretons.
2. Film espagnol d'Amenabar, inspiré d'une histoire vraie qui a bouleversé toute l'Espagne, celle de Ramon Sanpedro, quadriplégique depuis vingt ans et qui, à bout de courage, parvient enfin à se délivrer grâce à l'aide de ses amis.

dit Moïra. Même si je n'aime pas qu'on meure, moi qui n'aurai jamais le droit de mourir.

Comment accéder à l'euthanasie, ce beau mot grec qui signifie tout simplement ce que tout le monde souhaite : « une belle mort » ?

Quand un philosophe est contraint de se défenestrer pour échapper à sa maladie incurable [1], quand une femme âgée en est réduite à s'avancer dans l'eau glacée d'un étang jusqu'à s'y engloutir, afin d'échapper à ses poursuivants qui l'avaient déjà réanimée de force à deux reprises, qu'est-ce d'autre qu'un refus d'assistance ? que le non-respect d'une personne ? Qu'est-ce d'autre qu'une mort dans la cruauté, sans l'aide d'une main secourable ? Pour ne pas laisser condamner le médecin qui vous aide, ou le proche qui vous tend la main, est-on voué en France à mourir seul ?

— Tu n'es pas seule, dit Moïra.

J'ai besoin de conseils éclairés et j'ai cru devoir consulter les spécialistes de la vie, donc de la mort. J'ai rencontré le neurologue qui suit Hélène, le pneumologue qui soignait Adrien, mon propre gérontologue et même la gynécologue de Marion. Tous ont fait resurgir du fond de ma mémoire des impressions enfouies

---

1. Gilles Deleuze.

depuis plus de cinquante ans ! L'humiliation, l'impression d'être coupable, le ton paternaliste masquant mal une totale indifférence, le même blindage idéologique que pour l'avortement avant la Loi Veil. Et pour couronner le tout, l'alibi de la foi chrétienne chez des gens qui ne vont même plus à la messe.

Or quand un être n'a plus d'Espérance, c'est de Charité qu'il a besoin, non de Foi.

Réclamant le droit de choisir ma mort comme j'avais réclamé autrefois celui de donner ou non la vie, voilà que je me retrouvais dans la même position de quémandeuse devant la même nomenklatura ! Voilà qu'on me parlait comme à une petite fille alors que j'avais le double de l'âge de tous ces médecins et n'étais coupable que d'avoir trop vieilli à mon goût ! Ma vie n'était donc plus à moi ?

Au cours d'une nuit blanche, cherchant comment sortir de cette impasse, il m'est soudain apparu que nous, partisans de la mort choisie, avions peut-être sans le savoir un illustre prédécesseur. Il m'apparaissait tout à coup comme une évidence que Jésus-Christ, lui aussi, avait choisi de mourir. Il aurait pu, c'était une évidence aussi, échapper à ses bourreaux, par un miracle simplet... il en avait réussi de plus difficiles. Et ce serait une insulte à sa nature divine de croire que le Fils de Dieu s'était laissé piéger comme un lapin et mettre en croix comme un larron sans l'avoir prémédité. C'était inscrit dans le grand dessein de son Père et le Christ avait choisi de s'y conformer, en mourant.

Je me sentais bizarrement confortée dans mon projet à cette idée.

— Ne hâte pas l'irréparable, dit Moïra. Qu'est-ce que tu attends ? Fais paraître ton livre-testament de ton vivant.

Avant de le déposer dans son coffre en vue d'une publication ultérieure, Alice se décida à faire lire son livre à sa fille. Marion fut enthousiasmée, le fit lire à Maurice et ils réussirent à eux deux à la convaincre de le publier sans attendre.

— Le succès que tu as espéré toute ta vie, c'est ce petit livre qui va te l'apporter, Maman, tu vas voir. Ce serait trop triste de ne pas vivre cette aventure. La conjoncture est favorable, j'en suis sûre.

Le *Testament féministe* parut trois mois plus tard. L'ancien magazine d'Alice, *Nous, les Femmes*, y vit l'occasion de récupérer un lectorat trop longtemps négligé et décida d'en publier les meilleures pages en avant-première. Le succès fut immédiat, inespéré. Alice retrouva des bonheurs oubliés : recevoir un abondant courrier de lectrices, anciennes et nouvelles, être consultée sur les problèmes de société, dire leur fait à ceux qui avaient enterré les féministes, la féminisation, la parité... et participer en vedette à des émissions culturelles où elle sut se montrer d'une virulence et d'une drôlerie imprévues chez une personne de son âge.

J'aurai tout de même réussi à rester une belle emmerdeuse toute ma vie, se dit Alice, et voilà que c'est pour cela qu'on m'apprécie aujourd'hui !

— « Tout ce qui vient au monde pour ne rien troubler, ne mérite ni égard ni patience[1] », dit Moïra.

Alice n'eut pas le plaisir de faire partager sa joie à Hélène, victime d'une deuxième attaque et qui sombrait peu à peu dans l'inconscience. Mais elle eut le bonheur de voir naître le premier enfant de Séverine et de pleurer d'émotion et de connivence dans les bras de Marion en découvrant que Brian avait réussi une nouvelle fois à se faufiler dans leur descendance sous l'apparence de ce petit garçon d'un roux insolent.

Hélène s'éteignit à l'automne. Alice commençait à éprouver de sérieux troubles de

---

1. René Char.

la vision qu'une opération de la cataracte avait seulement retardés. Elle avait prévenu ses enfants qu'elle ne saurait pas vivre dans la dépendance, sans lire, sans voir la couleur du ciel et de la mer, mais qu'elle refusait de les impliquer dans une décision dont elle seule se voulait responsable.

J'aime mieux que vous ne sachiez rien de précis. Que vous puissiez vous dire qu'après tout je suis peut-être morte de mort naturelle. Je sais que vous allez être très malheureux mais je n'ai aucun moyen de vous l'éviter, de toute façon.

— Je ne suis jamais pressée de voir disparaître mes protégés, dit Moïra. Je m'attache à eux. Je ne devrais pas. Mais je t'aime assez, Alice, pour admettre que tu veuilles renoncer, parce que tu as su saisir tes chances et toutes celles que j'ai pu t'offrir. Y compris la dernière : mourir à ton heure. Quand tu seras prête, Alice, je serai là. Fais-moi signe en appuyant sur la touche étoile. Je me charge du reste, mon petit.

★

TABLE

Achevé d'imprimer sur les presses de

BUSSIÈRE

GROUPE CPI

à Saint-Amand-Montrond (Cher)
en août 2006
pour le compte des Éditions Grasset,
61, rue des Saints-Pères, 75006 Paris.

Mise en pages : Bussière

N° d'édition : 14498. — N° d'impression : 063024/4.
Première édition, dépôt légal : mai 2006.
Nouveau tirage, dépôt légal : septembre 2006.

Imprimé en France

ISBN : 2-246-67031-4